笔涮黄河万里流

——梦诗斋诗词选

葛景春 著

中原出版传媒集团
大地传媒
大象出版社
·郑州·

图书在版编目(CIP)数据

笔涮黄河万里流 : 梦诗斋诗词选 / 葛景春著.— 郑州 : 大象出版社, 2017. 9
ISBN 978-7-5347-9247-2

Ⅰ. ①笔… Ⅱ. ①葛… Ⅲ. ①诗词—作品集—中国—当代 Ⅳ. ①I227

中国版本图书馆 CIP 数据核字(2017)第 106966 号

BI SHUAN HUANG HE WAN LI LIU
笔涮黄河万里流
——梦诗斋诗词选
葛景春 著

出 版 人 董中山
责任编辑 范 倩
责任校对 安德华
书名题签 王刘纯
装帧设计 付锬锬

出版发行 大象出版社(郑州市开元路 16 号 邮政编码 450044)
发行科 0371-63863551 总编室 0371-65597936
网 址 www.daxiang.cn
印 刷 洛阳和众印刷有限公司
经 销 各地新华书店经销
开 本 787mm×1092mm 1/16
印 张 15
字 数 148 千字
版 次 2017 年 9 月第 1 版 2017 年 9 月第 1 次印刷
定 价 39.00 元

序言

薛天纬

景春先生是我的老友。我们相识于 1982 年 5 月在西安召开的中国唐代文学学会成立大会上，迄今已 35 年。在这漫长的岁月里，我们一直保持着密切的联系，回想起来，差不多每年都有机会在相关的学术会议上见面，有时甚至一月之中能聚头两次。相识既久，相知亦深。景春兄所著《笔涮黄河万里流——梦诗斋诗词选》行将付梓，嘱我为序。大约 10 年前，他曾出版诗集《梦诗斋吟草》，新著应是其增修版。新著附录收了林从龙先生和康群先生当年所写的序，还收录了韩成武先生及“波斯猫”（博客名）为《梦诗斋吟草》所写的评论，这些序和评论再加上“师友承教录”所载诸家高论，已经相当精准而全面地道出了诗集的艺术成就及特色，我再饶舌，实不免续貂之讥。然景春兄仍郑重相嘱，则必有深望焉。感动之余，反复体味梦诗斋作品，乃有点滴感受，缕陈如次，允当与否，期与景春兄樽酒细论之。

感受之一　记得启功先生尝云，唐诗是嚷出来的，宋以后诗是仿出来的。我们所处的时代，当然属宋以后，在古典文学研究这个圈子里，可称“学者诗人”“教授诗人”者实不在少数，写作旧体诗词且达到相当艺术水准者大有人在。依启功先生说法，这些诗人所作都是“仿”出来的？较真起来，这个结论自然不免有失偏颇，但就时风而言，就总体趋势而言，我觉得启功先生的“模糊性”论断于当今诗坛乃是切合的。所谓“仿”，即追求典雅，从立意到遣词都力求把诗写得有古人作品那种可意会而不可言传的味道。我对同行高手所作，从来充满敬意，且常恨己之不能。但我想说的是，读景春兄之作，却别有一番感受：他的诗大都是“嚷出来的”，即“后记”所谓“我诗出我心”。“后记”进一步解释道：“我诗出我心，就是要有感而发，不作无病呻吟，不能由文造情，不随波逐流，不能虚情假意、言不由衷。”就是要“任情率真，抒真情，说真话，写真意，叙真衷”。“嚷”出来的诗，诚如作者自己所说，个别诗句不免“草率”，但逐首读来只觉生气郁勃，真情酣畅，在当今学者诗人中独树一帜，别开生面。这应该说在某种意义上景春兄得了唐诗的真谛。

感受之二　景春兄的诗歌风格，诸家已有共识与的评，即“清水芙蓉太白风，龙骧虎步少陵雄”（胡可先《题〈梦诗斋吟草〉》）。他是宗法李白、杜甫的，李、杜诗风的共同处是大气。正如韩成武先生所说，“笔墨恣纵，情感淋漓，喜笑歌吟，随心所欲，有摆脱拘束之美，无刻意雕琢之憾”。只看诗集的名字“笔涮黄河万里流”（《诗人自古数中州——第三届河南诗词学会贺词》句），就何等大气！大体而言，景春兄所作歌行（七古）及七绝学李白，五律及七律学杜甫。其佳作中，歌行流走恣肆，七绝天然妙成，五律浑朴稳健，七律精警渊深，无不显示着学李、学杜的成功。景春兄诗歌创作学李、杜而有成，乃他长期潜心研究李、杜的结果，李、杜之诗早已浃髓沦肌地进入他的精神深处，化作他的艺术细胞。我想随手指出一个事实：景春兄担任过中国李白研究会和中国杜甫研究会的副会长，一身而兼此二任，国中再无第二人，这雄辩地昭显了景春兄研究李、杜的学术成就。有这样的学术蕴积，写诗自然就有了底气。

感受之三　我想谈谈用典——只谈"语典"而不涉"事典"。文人写诗，用典是语言表达的常态（这或许是当今文人诗与非文人诗的一个重要区分标志）。景春诗亦多用典。用典之神妙功用，不仅平添了诗歌语言的表现力，而且于瞬间提升了诗的品位。即以歌行而论，由于没有格律约束，恣意写来，不小心会流于滑俗，所以更要通过用典来补救。试举梦诗斋歌行用典之数例：《太白故里行》"日近中午钟不闻"句，用李白《访戴天山道士不遇》"溪午不闻钟"典；"云入深山不知处"句，用贾岛《寻隐者不遇》"云深不知处"典；"暮随夕阳下碧山"句，用李白《下终南山过斛斯山人宿置酒》"暮从碧山下"典。《峨眉山行》"峨眉仙山邈难匹"句，用李白《登峨眉山》"蜀国多仙山，峨眉邈难匹"典；"缥缈直与浮云齐"句，用《古诗十九首》"上与浮云齐"典；"我欲脚著谢公屐，携杖直攀青云梯"句，用李白《梦游天姥吟留别》"脚著谢公屐，身登青云梯"典。《黄河女儿走马行》开首"黄河滔滔走东海，都说远从天上来"二句，用李白《将进酒》"黄河之水天上来，奔流到海不复回"典；"朝辞花园口,夜梦昆仑丘,不闻爹娘唤女声,但见星宿海上清泉流。踏上唐蕃路,行经青海头,行尽荒原人罕见,唯有黄河伴我水悠悠”数句,用人们熟知的《木兰诗》“旦辞爷娘去,暮宿黄河边,不闻爷娘唤女声,但闻黄河流水鸣溅溅。旦辞黄河去,暮至黑山头,不闻爷娘唤女声,但闻燕山胡骑鸣啾啾”典。《武威铜天马歌》“瘦骨敲石迸金星”句,用李贺《马诗》“向前敲瘦骨,犹自带铜声”典;“历块过都走大漠”句,用杜甫《戏为六绝句》“历块过都见尔曹”典。七律《读义山诗》“五十弦翻曲外声”句,用稼轩《破阵子》词“五十弦翻塞外声”典,点窜一字,与《锦瑟》诗“无缝对接”,用典之巧令人拍案叫绝。等等,等等,俯拾即是,不一而足。这些用典都不着痕迹,把典故融化成了自己的诗句。我相信,当作者写下这些句子时,并无用典的刻意追求而典故即自行奔到笔端。我甚至还以为今人写旧体诗,不用典则不能成篇。就读者言,读懂了典故,便能与作者会心而笑,得其妙趣,若不知道其中的典故,也不影响对诗意的欣赏,此者为上。假如用的是读者都不懂的僻典,读者要凭借注解才能弄明白词句,这典故早就索然无味了。因此,我始终认为,当今时代旧体诗的写作与欣赏仍是文人圈子里的“小众文化”,未知此论当否?

感受之四 我想谈谈用韵。景春兄在《梦诗斋吟草》“自序”中有成段文字谈到写作旧体诗的格律与用韵问题,其基本观点是“平仄合律,用韵放宽”,“在用韵方面,不能局限于平水韵”。这使我联想到周啸天先生《将进茶》“自叙”所云:“平仄稍严,欲存唱叹之音;韵对从宽,不失萧闲之致。”我很赞赏他们的观点。平水韵反映的是包括唐代在内的中古时代的语言实况,今天的语言实况与平水韵既有相同之处,也有很大差异。比如,“东”韵和“冬”韵,“元”韵和“寒”“删”韵,现代人实际上无法区分,若一定要区分,只能硬记各个韵部中的字,但即使记住了,写诗时要做到不越雷池一步,恐怕也非易事,就算勉力做到了严守韵部,其表情达意必定受到妨害,得失相较,不免失算。何况写诗虽然可以依照平水韵,但谁也无法依照平水韵所反映的中古音把诗读出来或吟出来,说到底也只是“纸上功夫”。因此,在“中华新韵”尚未普及的现阶段,写作旧体诗的用韵,应在平水韵基础上,邻韵或近韵“通押”。宋人写词,已经“通押”了,我们岂可从宋人倒退?我看倒退是没有出路的。在用韵的观点上我与景春兄相呼应,在写作实践中亦当共勉之。晚节渐于诗律细,期待景春兄在今后的岁月里写出更多好诗来!

丙申深秋于京东八里桥寓所

(作者为新疆师范大学原副校长、教授、博士生导师,中国李白研究会原会长,新疆诗词学会原会长,现为中国人民大学国学院特聘教授)

目　录

五律

七律

五绝

七绝

词

◎五古

游圆明园

我来访旧园,正值天欲雪。寒风吹古木,凄凄复瑟瑟。
枯枝挂人衣,暮鸦声似咽。土丘荆棘横,山脚乱石叠。
弯弯寒塘路,绕山八九折。古碑仆道旁,衰草生阶侧。
一二断石柱,伶仃对残碣。四五破雕梁,欲倾狐兔穴。
睹景思当年,令人心愤切。今日乱石堆,昔年龙凤阙。
今日烂泥塘,昔年镜湖泊。池馆百余座,楼台遍园列。
可怜一炬火,化为灰飞蝶。琼殿火里烬,锦绣烟中灭。
唯余数条石,对泣夕阳血。睹此气填膺,痛我肝肠裂。
国弱人被欺,民强谁敢捏?国耻岂可忘,此恨心头烈。
崛起我中华,还看今英杰!

一九八二年十一月二九日

赠裴斐先生

夫子一代豪,士林树风标。即之温而润,仰止望弥高。
胸中乾坤大,袖里笔如刀。卮言论大道,妙口赋离骚。
暂憩待风起,九天抟扶摇。

注:裴斐(1933—1997),原名裴家麟,四川成都人。生前

为中央民族大学教授，唐诗研究专家，于李白研究尤著。著有《文学原理》《李白十论》《看不透的人生》《裴斐文集》等著作。

一九九六年元旦

太湖吟

故人东南来，邀我游太湖。时逢黄梅雨，潇潇复疏疏。
大佛雨中看，鼋渚湖上浮。湖光与山色，光影入画图。
渴饮二泉水，甘洌似醍醐。饥尝白鱼羹，香美他处无。
一曲无锡好，三日耳犹舒。传闻太湖上，渔隐有陶朱。
欲寻范公去，沧浪任所如。

注：陶朱，即陶朱公，范蠡隐逸江湖时的化名。

一九九八年四月二十日

访永州绿天庵怀素故居

芭蕉叶蔽天，寺名绿天庵。有僧名怀素，醉卧庵里边。
自幼习书法，苦练数十年。贫困哪得纸？所喜蕉叶宽。
所书芭蕉叶，装满屋三间。庵前笔成冢，庵后依山岩。
岩下有深池，池水泛墨澜。常闻风雨夜，池有墨龙旋。
诗仙求识面，僧年二十三。夸其学书苦，意志弥且坚。
赠素草书歌，勉其追张颠。声名从此大，名与星月悬。

书存文千字，刊在庵西轩。石碑虽残缺，犹见字斑斑。
狂僧虽已去，其书千载传。我来天欲雨，徘徊墨池边。
我摘一叶蕉，写此诗一篇。诗成掷池去，化作蛟龙翻。

二〇〇五年九月二十六日

抗震歌

二〇〇八年，注定不平凡。大喜与大忧，一齐来眼前。
大喜有奥运，大忧灾害连。冰雪灾刚过，地震现汶川。
地震过八级，震级逾唐山。地摇山河颤，房塌地又陷。
哀哉我人民，遭此大劫难。死者六万余，伤者三十万。
总理闻讯后，即日上前线。坐镇亲指挥，日夜不停断。
若有一线望，定要使生返。还有总书记，心中如熬煎。
冒着余震险，亲自到震源。指挥众三军，解民于倒悬。
抢救最及时，获救数十万。全国齐支援，争把爱心献。
侨胞港澳台，捐款如雪片。海外众友邦，捐资又参战。
并肩同抗震，战胜大灾难。党心与民心，经起大考验。
大灾有大爱，大爱力无边。天塌压不垮，地陷腰不弯。
中国之人民，立地又顶天。泱泱大中华，令人刮目看。
待整新河山，重建新家园！

二〇〇八年五月

应变歌

——哥本哈根世界气候大会有感

海面在升高,气候在变暖。地震与海啸,相继在出现。
能源现危机,争造原子弹。终究有一天,世界大灾难。
世界将末日,早有人预断。此言非耸听,看你怎么看。
地球自诞生,日日都在变。几千万年前,恐龙世界遍。
冰川一来临,恐龙全完蛋。喜马拉雅山,兀然就出现。
沧海变桑田,高原成凹陷。海鱼成爬虫,人类从猴变。
早期人类史,进化速度慢。由猿变成人,就是年百万。
游牧到农耕,奴隶到封建。老牛拉慢车,千年皆一贯。
虽说发展缓,资源消耗慢。近代几百年,变速令人叹。
人口大爆炸,粮食却有限。油煤快用光,新能难代换。
生态失平衡,到处是污染。冰川化将尽,都因不减炭。
洪水与天灾,连年不曾断。地球敲警钟,莫再等闲看!
人类须团结,同心应灾难。恢复平衡态,莫使再恶变。
变化挡不住,让其速度减。挽救我地球,提前作打算。
力挽于狂澜,首在态度变。你变我也变,索取变贡献。
国国作贡献,战胜大灾难。人人作贡献,世界就改变!

二〇一〇年三月十日

我自山中来

我自山中来,山中多芳菲。春天花烂漫,桃李遍山隈。

夏山绿如绣,白云绕山飞。秋爽登高去,采菊插鬓归。冬积南山雪,先开垄上梅。我自山中来,山中多鸟啼。交交黄鸟鸣,喃喃紫燕飞。喳喳是喜鹊,雊雊有山鸡。巧舌百灵欢,泣血杜鹃悲。月出惊宿鸟,啼声厉且凄。我自山中来,山上风景奇。黄山观云海,风光使人迷。华峰多奇险,上有登天梯。岱岳气势伟,观日趁朝曦。嵩顶直北望,黄河来自西。我自山中来,山间最宜居。坐看白云起,远眺群峰低。城中多污染,山林气爽怡。城市多烦嚣,山中车马稀。世上已千载,山中一局棋。天人本合一,自然终归依。

二〇一六年十二月二十八日

◎ 七古

确山放歌

一九六八年十二月，大学毕业后我被分到确山一五八部队农场劳动锻炼，在深山沟里和解放军战士一起开荒筑坝修渠种水稻。虽然生活艰苦，但我觉得很有意义，事后都化作美好的回忆。

确山之山沙河水，山山水水有多美！青山叠青山，绿水环绿水。山上树如绣，脚下白云汇。飞瀑眼前洒，梯田脚下垒。修渠渴饮沙河水，清冽沁心肺；收工沿着小路回，野草如翡翠。夏夜路过稻花谷，花香袭人醉；九月稻熟堆满场，打谷人不寐。确山为啥这样美？锦绣山河人描绘。忆昔来确山，豪情凌云飞。手执开山斧，脚踩青云梯。排长打眼我下药，班长执钎我抡锤。筑坝下冰水，架渠过山隈。秃岭野沟任我改，树满青山水满陂。梯田整成棉花垄，乱石滩变水稻畦。筑坝夕阳里，修田趁朝晖。晨起灌秧去，月夜荷锄归。沙河湾畔饮牛罢，玉峰顶上砍柴回。棉田连云白，稻香随风溢。春鸟来报喜，秋风送消息。大红喜报贴上墙，亩产已超八百一。山上石子路，越走越觉北京近；山下茅草屋，越住越想毛主席。望确山，越望越觉山有情；看沙水，越看越觉水有意。山有情，水有意，山中知青有志气。易日月，换天地，开新篇，谱新曲。壮丽青春献山河，此生此世永不悔。

一九七〇年元月二十日作于确山解放军农场

夜读太白诗走笔作歌

余嗜太白诗，百读不厌。喜其思如奔马，海阔天空，开人心胸，壮我豪情。今又夜读太白诗集，激情涌动，不觉诗句从笔端汩汩而出，挥毫而就，成此一篇。

吾幼嗜读太白诗，太白诗夺造化功。诗笔雄奇呈五彩，掷地铿锵响有声。奇思豪情熔一炉，绝妙意象在其中。碧海长鲸喷雪过，云翼大鹏击长空。天姥神山鸣天鸡，匡庐瀑布挂彩虹。欲上峨眉弹绿绮，还从仙人学长生。击壶高歌抒壮志，抽刀断水斩愁情。有时兴致勃然起，举杯邀月还独倾。拔剑起舞歌慷慨，斗酒百篇意纵横。长安酒酣归来晚，顾视俗物都平平。眼中宁有唐天子，力士国忠皆鸡虫！耻向权贵下折腰，深惭寒妪馈饭情。忽闻渔阳鼙鼓响，洛阳川上走胡兵。为国提携玉龙死，欲浮北海斩长鲸。大道通天独隔我，拔剑击柱悲途穷！学剑岂能万人敌，唯留诗仙世上名。终随仙人骑鲸去，水晶宫中捉月明。风雅精神楚辞魄，建安风骨乐府情。自有神力可扛鼎，横扫六朝绮艳风。唐代诗国三百载，李白杜甫居绝峰。千二百年诗欲衰，欣逢毛公诗转雄。九天揽月格更高，五洋捉鳖绝世功。吟罢君诗蜀道难，转歌水调满江红。

一九七八年二月于古汴

太白故里行

一九八四年十月，吾与北京林君东海、山东郑君修平、太白乡人丁君稚鸿前往大匡山寻访太白遗踪，因戏作此诗，以志其事。

故人华发东海翁，约我太白故里行。仙鹤衔书来云外，共乘铁龙向蜀中。汉江水碧嘉陵清，江头处处翠竹丛。下视不觉蜀道险，只听耳旁带风声。山川渐秀花渐芳，空中传来芰荷香。绿树丛中隐仙阁，已到绵州青莲乡。携手共访陇西院，不见翰林李谪仙。粉竹楼前问童子，童子遥指戴天山。戴天山高大匡低，遥望仙山彩云飞。骑驴相继过山村，绿竹茅屋绕碧溪。太白乡人多热肠，殷勤备至数丁郎。任城郑生多豪气，相伴寻白登大匡。拨云踏雾攀山巅，奇花仙葩生路边。饥餐琼枝长生果，渴饮玉涧延寿泉。峰回路转迹难寻，不见人家见白云。不知谪仙何处隐，日近中午钟不闻。仙桃山前见老翁，老翁牧牛白云中。老翁指点脚下处，李白曾经此处住。一自谪仙骑鹤去，云入深山不知处。又云每闻仙乐声，谪仙天上骑白龙。有时松林明月下，独骑白鹿放歌行。何去何来都难知，行影不定难寻踪。汝等有意寻谪仙，可结茅屋待山畔。山中月下待三年，或可梦中一相见。说罢老翁飘然去，眼前峰顶起青烟。我辈数子屡叹惋，欲觅仙踪惜无缘。石上各留一诗去，暮随夕阳下碧山。

一九八四年十月二十六日

峨眉山行

一九八四年十月，余与山东郑君修平、湖北朱公宗尧等人至江油开会，会后同游峨眉，路遇群猴围夺游人食物，翻囊摘帽，如同劫匪，颇有野趣，因以记之。

峨眉仙山邈难匹，缥缈直与浮云齐。我欲脚著谢公屐，携杖直攀青云梯。青云梯高入云端，直疑上与星斗连。弯腰弓背登山去，只见石梯不见天。忽然身堕云雾中，雾中但闻人语声。四处茫茫皆不见，仿佛飘飘升天行。风吹云雾一线开，数点青黛露面来。想象仙子云罗里，含情凝望梳妆台。山上隐隐见仙宫，四面环绕翠竹丛。翠竹丛中头攒动，跳出一群孙大圣。大圣挠耳又抓腮，三五成群坐石阶。诸君若想过此路，掏包请拿买路财。解囊分发买路财，一群去了一群来。朝四暮三难奏效，扯包翻囊把衣拽。丢盔卸甲狼狈逃，如是猴儿也不饶。可怜眼镜被摘去，遥挂悬崖松树梢。松树梢高拂碧霄，大山深处起松涛。猿啸虎啼野谷中，隐隐古寺何处钟。遥想当年谪仙行，曾邀蜀僧下碧峰。高山流水弹一曲,至今蛙鸣带琴声。谪仙一去不回头,此处峨眉月空留。峨眉山月亦不见,空听蛙鸣泪潸流。我今辞别峨眉去,每忆峨眉心转迷。何年再得访蜀山,更逐峨眉彩云飞。

注:朝四暮三,《庄子·齐物论》:"狙公赋芧,曰:'朝三而暮四。'众狙皆怒。曰:'然则朝四而暮三。'众狙皆悦。"狙,猴子。

一九八四年十月

汉霸二王城怀古

从郑州黄河游览区沿黄河西行三十余里,至荥阳广武山鸿沟,沟宽约八百米,深约二百米,即楚河汉界是也。楚霸王与汉高祖在沟两岸山上各筑一城,沟东山顶曰霸王城,沟西山顶曰汉王城。

暮色苍茫长河间,夕照似血染丘山。西风萧瑟古战场,往事一去二千年。铜戈埋地青苔碧,铁马嘶天故垒寒。抚碑一洒思古泪,观史令人长喟然。项羽不作霸王怒,刘季岂成汉主贤?成败不论兵多寡,人心全在去就间。河山终归成一统,金瓯岂容缺半边?大浪淘沙东流去,千古风流去不还。

一九八五年五月

戏仿杜甫《同谷七歌》

《乾元中寓居同谷县作歌七首》是杜甫七古联章的代表作品，写得生动活泼，健拔老辣，余深喜之。今效老杜当年之心情与情景，戏仿之，供友人一笑耳。

其一

有美一人在山阿，独立苍茫发浩歌。鱼龙川上思乡泪，鸟鼠山头哀怨多。坐看无风云出塞，将行膝前绕薜萝。呜呼一歌兮歌声发，仰望高山叹嵯峨！

其二

长镵长镵肩上驮，伴我荒山寻芋魔。行遍山崖无觅处，两手空空可奈何。归看稚子色凄凉，却悲佳人泪滂沱。二歌但愿兮狂风来，橡子为我从天落！

其三

西来同谷千里余，避乱来此暂身栖。东望烽火遍天地，中原故土走铁蹄。兄弟姊妹各一方，万家父子遭乱离。三愿早日兮胡虏平，天下剑戟化耕犁！

其四

朝中诸将何人强？当今应数郭汾阳。房相虽老雄心在，但惜兵机太疏狂。中男短小长男少，以奇制胜智谋长。四叹我辈兮弱书生，欲报国兮志难扬！

其五

西国诸戎和为上，当中最数回纥强。花门兵马虽骁健，野心勃勃应须防。借兵只是权宜计，妇孺岂可当功偿？五笑唐尧兮虽自圣，野老何须费思量！

其六

天水原是天马场，由来养马万匹强。一从胡虏南侵后，空见草长少骕骦。健儿疆场需骏骥，无马岂能擒寇王。六愿为国兮蕃天马，谁能荐我向吾皇？

其七

无衣无食一老朽，此地荒山难久留。天涯何处是乐土？翘首远望思南州。天寒大雁尽南去，禽鸟也为稻粱谋。呜呼七歌兮歌已终，仰望长天日悠悠。

一九九六年十月

登西岳华山歌

丙子中秋既望，予与北京陶文鹏、宋红，天津张毅四人结伴夜登华山，欣有此作。

久思结伴游太华，夜半登山路径斜。夜色朦胧山似睡，流水淙淙声不哗。一路笑语一路歌，宿鸟纷纷惊出窝。陶公一曲敖包调，引逗月出东山坡。月色如昼照山谷，游人欢呼如鼎沸。此呼彼应乐何极，要登东峰观日出。千尺幢前一线天,游人相接挂前川。回首下望何险哉,脚在后人头上边。奋力攀上北高峰,回望山下气势雄。电光明灭山谷里,人群如龙盘山中。山风凄冷星渐稀,山高气寒不胜衣。斜倚松下喘口气,西峰还在众山西。稍事休整劲倍添,携杖更攀苍龙巅。登上巨灵劈山处,始觉眼前天地宽。当年巨灵劈两山,黄河始得流其间。指点壁上指痕在,始信神话非浪传。峰东天空一点红,俄即没入云雾中。下看群峰纵横出,朝霞映红山头松。宋姑最爱玉女峰,孤身一人去探踪。归来笑对众人说,好景尽在南天宫。张郎年轻身手健,负重攀山轻如烟。其中龙钟数葛叟,步虽蹀躞不惮艰。精神之最数陶公,力尽长途跋涉中。口颂六字真言罢,脚下忽然如生风。俄顷登上最高峰,四望群山尽朝宗。长空栈道猿攀愁,唯有高鸟盘长空。华岳三峰数莲花,削出青天一柱斜。太白曾经此峰过,左挽叔卿右洪崖。明星玉女前带路,飘下云头此山住。猛见山前劈山斧,原是沉香救母处。西峰山顶天风吹,长安不见见云飞。黄河一线天际来,清渭如丝过山隈。华山不虚此一行,下山始知步履轻。晚乘鸾车飘然下,暮霭如烟绕膝生。

一九九六年九月

黄山歌

予曾三上黄山,每次所见风光皆不同。黄山如同万花筒,观之不尽也。己卯夏,与培岭兄同游黄山,归来后慨然作歌以纪之。

天下奇山皖最多,听我来唱黄山歌。石奇松奇云水奇,奇峰奇瀑连星河。黄山归来不看岳,此语曾是霞客说。我道不看岳尚可,不看黄山算白活。蓬莱三岛谁曾见?此景唯在黄山看。烟气空蒙山谷里,路回峰转突然现。奇松怪状皆飘逸,悬崖之上争斗奇。俯如群蛟争赴水,飘欲云龙上天飞。莲花峰顶抗风雨,玉屏道旁任雷击。逸枝斜迎红日出,一抹紫霞染碧玉。始信峰上看山崖,十八罗汉朝南海。山形千姿又百态,似叟似童似仙怪。不看不知造化巧,惊我目瞪又口呆。忽然一阵山风冽,乌云滚滚黑如铁。一阵大雨滂沱后,长空一洗成碧色。俄而山岫出云霭,状如丝绵片片白。四方云气奔涌至,茫茫一片成云海。四顾远山眼前明,山尖如舟浮海中。西有金龟欲渡海,东有巨鳌跋浪行。南有松鼠跳天都,北有石猴望太平。要攀绝顶再登山,峰在云雾缥缈间。山路坎坷陡又险,手足并用到山巅。中有仙人来指路,鲫鱼背上松风寒。天都峰顶四下看,壮气如虹逸如仙。群山如波走东海,长空浩浩连大千。我欲蓝天作诗笺,笔蘸白云写诗篇。巨石作鼓风为琴,颂我壮丽好河山。回望下山始觉难,石梯幽幽悬如线。下山莫畏须大胆,更须步履稳且健。多赖手中筇竹杖，扶我过崖又跳涧。一路清风景色幽，好鸟鸣啼在枝头。忽见前山腾虹雾，方闻林薮蛟龙吼。寻声数转到山前，原是瀑布挂前川。双瀑远从天外落，上有云树空中悬。我在瀑前弄清波，随口唱支沧浪歌。沧浪浊兮濯吾足，沧浪清兮洗巾罗。濯足洗巾精神爽，健步如风下山冈。曳杖回到山脚下，一路灯影溪中晃。

一九九九年八月二十五日

登襄阳城楼歌

己卯孟秋，予与河北大学韩成武兄暮登襄阳城楼，四望楚山苍茫，汉水如碧，思古之情，油然而生，遂作此歌。

君不闻当年太白襄阳歌，清风朗月骑马醉婆娑。又不闻少陵蜀中思乡句，携妻放歌欲从襄阳过。我亦乘兴临此地，欲登高楼叹嵯峨。起舞弄影城头上，与君把臂向天歌。一上城楼望八垓，古今相接意徘徊。悠悠千古多少事，一时都上心头来：王粲曾吟登楼赋，他乡信美非吾土。如今人则非其是，何处青山不埋骨？西望隆中郁葱葱，昔年此处起卧龙。先主不做茅庐顾，至今恐是一条虫。征南将军镇襄州，文治武功孰比俦？岘山顶上堕泪碑，已落江底枕寒流。城南遥望鹿门山，最忆襄阳孟浩然。何日也携菊花酿，与君共醉酒一坛。好贤之士韩荆州，亦是风流一太守。李白长揖竟不拜，至今犹传众人口。江北祠堂有米颠，好书天下第一山。米体海内流传遍，倜傥潇洒字翩翩。襄阳大堤雨霏霏，行人至此路转迷。昔日游女今何去？只余江畔草萋萋。城中酒家多巨贾，美酒多用大缸贮。醉卧佳人锦瑟旁，此地乐兮不思蜀。美酒三杯欲飘然，仿佛此身似谪仙。酒醒忽觉秋风冷，起舞弄影觉衣单！

一九九九年九月

天柱山行

庚辰年，世纪交替之初，于合肥开李白国际学术研讨会，会后与诸公到潜山县登此山，感其奇伟非常，不让于匡庐、九华诸名山，故作歌称之。

吾闻潜山有奇峰，天欲堕兮赖尔柱其中。又闻古昔有皖公，仰其德兮命尔皖山名。汉帝封尔为南岳，群峰罗拜似朝宗。中天一柱插天外，澄湖如镜映天星。更有一水似罗带，清流宛转山之东。我对此山仰慕久，欲学太白名山走。手携一支紫玉杖，暂作逍遥两日游。先游南山石牛洞，石洞实为山谷名。谷旁石壁陡且峭，涧中有石卧牛形。壁上石刻数百篇，刻来不知凡几年。但见壁上题刻遍，先有皇唐后宋元。唐有李翱宋庭坚，荆公坡公在其间。字若游龙争戏水，铜划铁钩点苔斑。古人已随风流去,空留题壁姓字传。石上欲觅太白诗,寻遍青崖无一字。此老乃是天上仙,人间哪肯留姓氏!要寻仙迹须上山,山上有石似谪仙。谪仙就在峰上站,举手观海意翩翩。山间有洞似迷宫,上下盘旋几层层。窄洞只容侧身过,低洞则须匍匐行。忽左忽右路回转,乍明乍暗道难通。同行前后皆失散,不见人影只闻声。攀藤摸壁几多时,始得出洞见光明。走出迷宫见青天,天上只见鸟飞旋。忽有一峰迎面出,一枝独秀立眼前。山色青莹如玉柱,峰高直插星斗间。峰前独坐思悄然,此心暗与山心连。我见青山多妩媚,青山待我亦欣然。一时身与物俱化,神魂已飞大罗天。忽忆太白有诗句,奇峰奇木含秀气。此时隐山心莫遂,他年投迹来此地。太白未能归此山,骑鲸东海做神仙。我辈终是道行浅,欲追谪仙难上难。不如且从巢由隐,洗耳卧听松风寒。愿化山上一片云,常与皖公相追攀。

注:天柱山,又名皖山、皖公山、潜山等,主峰为天柱峰,一峰独秀,峭拔千丈,故称天柱山。在安徽潜山县西北十八里。西汉元封五年(前 106)汉武帝南巡,登天柱山,封为南岳。后隋文帝又改封湖南衡山为南岳,此后天柱山名不大显焉。

二〇〇〇年一月三日

五台山行

庚辰五月,吾与师兄刘崇德夫妇、龙生建国应师弟张瑞君之邀,有五台之游,归来感兴,遂作此歌。

山山有寺寺有佛,我游五台发浩歌。由来天下名胜地,都是佛家僧占多。中原六月日似火,此地如秋寒不热。山接九霄高气爽,地拔三千清凉国。手中折扇藏不用,晨穿夹衣尚瑟瑟。闲云朵朵白似棉,长空雨洗如镜澈。文殊菩萨好眼力,选定此处传法衣。从此代北荒远地,尽引天下信士归。五台山上尽佛国,就数中台寺最多。山中伽蓝七十二,层层叠叠遍山阿。菩萨顶上香火盛,黛螺巅上寺巍峨。红墙白塔远相映,晚钟悠悠风过河。刘家阿嫂随哥行,逢佛必拜心最诚。口中念念阿弥陀,愿佛佑哥事业成。又祝台湾早回归,天下尽早归大同。佛家有愿愿最宏,度尽苍生享太平。我闻此意心感动,也在殿前暗念诵。我悟菩萨即是我,不悟菩萨是众生。参透禅宗六祖句,心头忽似一灯明。五台归来两袖风,身心清凉似含冰。心凉能止百病热,吾生不负此一行。

二〇〇〇年六月十五日

塞上草原行

庚辰仲夏,会于青城。会余与众会友同游乌盟大草原，乘兴驰马原上，意颇踌躇。但见草稀羊瘦，又不胜唏嘘。闻道放牧过盛，生态颇失平衡，有感而作此诗。

伊昔学歌敕勒章，风吹草低见牛羊。今听敖包来相会，骑着马儿上山冈。我自中州赴北国，来听塞上牧马歌。茫茫草原连天远，青山白云绕黄河。蒙人最喜胡马骄，扬鞭走马去如雕。我亦乘兴随年少，跨马纵缰上山包。男儿从来重横行，草原驰骋逞英雄。黄金错刀腰间挂，顾盼生辉意气生。阴山脚下走马归，蒙古包里歌声飞。牧女捧杯献客酒，此时不醉更待谁？主人宴客烤全羊，穹庐飘出阵阵香。手持钢刀削羊腿，奶酪一杯味芬芳。牧家宴上频致词，音调铿锵如颂诗。马头琴声悠扬起，主客对歌乐可知。宴罢帐外久彷徨，塞野接天白云翔。白云悠悠去渐远，片片散尽稀见羊。探问路旁一老汉，老人细与说端详：改革开放政策妙，牛壮羊肥遍山跑。伊利奶粉销全国，鄂尔多斯羊绒好。牛多奶多羊绒多，只嫌所牧牛羊少。吃光这坡放那坡，只惜牛羊不惜草。以为牛羊多多善，过度放牧已成患。眼看青原变荒丘，草场沙化成灾难。幸得政府纠正快，遍使青山植林带。如今封原禁放牧，草场恢复指可待。生态平衡须保护，惜哉此理人少悟。自然资源亦有限，应须科学来放牧。我愿草原永青青，牛羊遍坡马奔腾。开发西北时机好，牧草丰盛花永红！

二〇〇〇年八月十日

泰山歌

余曾三登泰山，泰山风光之雄伟、文物之盛，五岳称首。秦皇、汉武屡次封禅，太白、子美皆有佳作品题，遂为后人称美。余于庚辰秋与参加中国杜甫研究会诸公登山游览，至绝顶一望，心旷神怡，壮思满怀，因有此作。

滨河临海连天高，独于五岳尊高标。一从老杜望岳句，遂使岱宗领风骚。天荒地老邃古初，一山初从海边出。传闻山有神人住，长生不老神仙窟。上通青冥下黄泉，自古即是通天处。前有三皇与五帝，后有秦皇与汉武。帝王相继来封禅，但愿宝座长千古。汉武高树无字碑，秦皇封松五大夫。明皇巍巍泰山铭，皆想万世独称孤。帝王将相长已矣，唯留空名任人呼。昔多名人登此山，前有诗圣后谪仙。诗句高悬如日月，江山有待诗人传。我来泰山寻旧迹，峰回径转路高低。碧霞宫顶铁瓦红，天门石阶似天梯。日观峰前眺东海，茫茫一线与天齐。瞻鲁台上瞻邹鲁，汶水如丝游向西。齐鲁一片青未了，唯见远岭五云飞。一登绝顶气浩然，但觉别开一层天。人生能有此境界，胜似得道做神仙。泰山顶上一览小，凭高四顾心浩渺。世上坎壈多少路，回眸平似长安道。

二〇〇〇年十月

武威铜天马歌

一九六九年,在武威雷台一座汉墓中出土一西汉天马铜雕。此铜天马已作为国家旅游之标志,故作此诗以歌之。

凉州武威地有灵,夜间常闻马嘶声。地下掘出铜天马,昂首扬尾蹄生风。汝是何方之精灵,隐藏地下做潜龙?今逢盛世见天日,喜看天下皆太平!当是大禹鼎上一块铜,汉人铸汝天马形。蹄踏飞燕追风走,瘦骨敲石迸金星。汝魂本是真天马,来自大宛锡尔河。韩幹为尔写真迹,李白为作天马歌。月牙泉边曾照影,渥洼水里浴清波。历块过都走大漠,驰风掣电如飞梭。历汉唐,越千年,跨越时空到今天。神游寰宇不知疲,尽览万水与千山。晨践天山雪上草,暮宿东溟苍梧烟。振鬃塞北冰霜地,喷玉江南杏花天。殿前御马争向前,黄金辔头银鞯鞍。唯汝不羡佩金与挂银,但愿优游江海间。神州万里任意行,无拘无束自在仙。天马行空志凌云,四蹄如飞逸如神。乘君之背游四海,直上蓝天踏白云。遨游五洲归来后,仰天一嘶没芳林。

二〇〇〇年月十二月十二日

梁园歌

——寄故园友人

家本大梁城南郭,平生最爱梁园歌。为谋稻粱他乡走,无日不念故园柯。古城墙堞梦中见,东近城门北依河。汴水悠悠屋后过,院中老槐叶婆娑。慈母树下曾缝衣,衣上针线针针密。犹恐衣薄不胜寒,针针慈爱衣上系。穿上新衣上学堂,朗朗书声母最喜。严父谆谆言在耳,人不读书不知义。为人处事要正直,书中圣贤儿须记。如今双老已过世,每忆往事泪沾臆。梁园古来圣贤多,儿时常听父老说。城中旧有游梁祠,当年亚圣说梁国。为行仁义走四方,风餐露宿过阡陌。魏国公子信陵君,四公子中人最尊。亲执马缰敬求士,礼贤下士第一人。大梁自古有侠风,最数朱亥与侯嬴。为报知己不惜死,匡扶正义抗秦雄。此事感动太史公,史记写来栩如生。侠肝义胆争传颂,后人谁不拜下风。城南吹台祠三贤,李杜高适诗高悬。登高怀古诗兴发,诗句至今口相传。李白高歌梁园吟,杜甫曾赋吹台篇。高适作有大梁行,一时佳话传千年。谈古论今说清官,哪个不知包青天?不畏权势不爱钱,三口铜铡铡奸贪。南衙封府南面坐,铁面无私风生寒。思梁园,爱梁园,梁园多出古圣贤。圣贤精神今在否?梁园今貌可胜前?寄语故园老夫子,献我一片心上言:愿我梁园振雄风,争继前贤青于蓝!

二〇〇一年元月十三日

黄河女儿走马行

青年女作家何向阳为写“走马黄河”丛书之《自巴颜喀拉》，亲自沿着黄河，从青海至山东等八省区实地考察，餐风露宿，行程万里，实为壮举，因以歌之。

黄河滔滔走东海，都说远从天上来。诗人传唱歌到今，谁到源头走一回？传说河发昆仑雪，上与天河接续流。古人乘槎至星汉，曾见织女与牵牛。有女一人宏愿高，要沿黄河走一遭。风雨凄其路漫漫，西征途上长发飘。雨洗面兮霜为花，雾当衣兮风作马。身越关山不辞远，万里之行始足下。肩背挎包上征程，黄河岸边独伶俜。手捧一掬黄河水，心怀无限黄河情。朝辞花园口，夜梦昆仑丘，不闻爹娘唤女声，但见星宿海上清泉流。踏上唐蕃路，行经青海头，行尽荒原人罕见，唯有黄河伴我水悠悠。身后积石山，眼前峡谷口，遥想大禹开山处，山崩地裂巨雷吼。龙门三峡禹迹在，斧痕犹留砥柱头。三过家门而不入，劈山导川不停留。化为黄熊开河道，万里黄水始安流。禹兮，禹兮，微汝吾人皆为鱼，尔为苍生治水一生一世行未休。踏着禹迹行，沿着黄河走，甘陕晋豫都走遍，星为伴兮月为友。历尽千辛不为苦，东行直至入海口。黄河两岸亲人多，汉藏回蒙族尽有。住过蒙家毡帐篷，乘过藏胞羊皮舟。回族大嫂见我来，邀我家中坐炕头。心中话儿跟我说，说罢农桑说羊牛。谈了抗灾谈丰收，尽说家家喜与忧。共饮一河水，水化血脉流。

你心与我心，心与心相投。同是黄河之儿女，共爱华夏之神州。立誓开发大黄河，鱼跃龙门争上游。走马归来意气遒，风尘满鬓花满首。抖落衣上尘与沙，化作珠玑与星斗。黄河女儿爱黄河，河水永在心上流。祝君来年重走马，再作黄河万里游。

注：唐蕃路，在青海境内，指唐王朝通向吐蕃的一条古路，即文成公主入藏之路。吐蕃，唐时对西藏的称呼。

二〇〇一年六月十六日

敦煌行

余向往敦煌久矣，辛巳孟秋，始得成行。归途中仍兴奋不已，遂作此诗。

茫茫瀚海戈壁滩，数百里路无人烟。忽见眼前绿洲现，胡杨排排水潺潺。瀚海之中一明珠，敦煌沙洲洼地出。城中有人五万家，士女如云车相逐。城南十里鸣沙山，沙鸣风吹如管弦。身骑骆驼过大漠，驼铃叮当路漫漫。大漠之中忽有泉，泉涌成湖月牙弯。沙、湖从来不相犯，千年不枯至今天。三危山下千佛洞，窟名莫高世有名。此窟凿自北魏初，唐宋明清续经营。大佛身高十余丈，小佛轻可掌上擎。飞天个个轻欲飞，塑像尊尊栩如生。壁画辉煌孰能比，雕塑可与希腊争。更有敦煌藏经洞，内藏万卷古人经。东西盗贼争相窃，文物多被劫一空。国势贫弱被人欺，国强民富谁敢碰！

被劫文物终将归,待我华夏重兴盛!敦煌昔为丝绸路,东来西往必经处。东西文化相碰撞,遂成艺术一宝库。南通天竺波斯湾,沙漠古道有阳关。昔出阳关无故人,今出阳关大道宽。南有大路通和田,玉门关外西风寒。羌笛莫再怨杨柳,如今春风过天山。西部开发正其时,敦煌更上一层天。拂去历史尘与沙,瀚海明珠如月圆。

二○○一年九月十三日

新疆行

戈壁如海,大漠无边,不到新疆不知中国之大也;雪山澄湖,瀚海绿洲,不到天池、吐鲁番不知边疆风景之奇也。兴之所至,赋诗一首。

昔读高岑李白诗,最羡天山月出时。锦袍银鞍珠勒马,万里西行到天池。天山明月出瀚海,月照胡沙似雪白。八月飞雪白草折,风吹石走天地黑。如今我到天山来,山南山北野花开。牛羊遍地歌声起,不见昔日战尘埃。雪山明灭头白早,博格达峰风光好。天池水色碧于蓝,冰峰倒影波浩渺。山顶白雪压青松,山坡帐篷依水草。边疆儿女身手健,斜骑骏马追飞鸟。逐鸟直至吐鲁番,骏马追风火焰山。火焰山下行人少,盛夏温度五十三。烈日炎炎山欲燃,葡萄沟里水潺潺。清泉原出坎儿井,井水潜流自雪山。沙洲早晚温差大,早穿皮袄午穿纱。引来雪水灌良田,最宜葡萄与种瓜。达坂姑娘年十五,身姿绰约善歌舞。手鼓阵阵急且促,胡琴羌笛声齐出。维族女儿辫子多,随风飘飘舞婆娑。腰如柳枝眼如电,胡旋如风转陀螺。舞罢帐篷共进餐,奶茶满壶馕满盘。伊犁美酒手抓饭,生烤全羊味道鲜。改革开放到边城,边城也刮经商风。乘坐驴车过闹市,街旁频传叫卖声。胡家经商有绝招,笑脸相迎争相邀。漫天要价大开口,就地还钱遂成交。西亚铜瓶皮坎肩,熊胆鹿茸雪莲花。无花果干巴旦木,库车香梨哈密瓜。喀什毛毯和田玉,远销印度孟加拉。新疆经济大起飞,石油如海棉成堆。欧亚大陆桥头堡,遂与世界相接轨。一曲边疆赛江南,唱遍万水与千山。正逢开发大西北,新疆快马更着鞭。

二〇〇一年九月二十日

咏连战大陆和平之旅

两岸本是一家亲,一道海峡隔至今。五十九年始来访,握手一笑泯仇恩。暂回家园探乡邻,儿童排队迎亲人。一声爷爷回来了,不觉热泪洒衣襟。大家都是炎黄孙,砸断骨头连着筋。台湾自古属中国,可怜阿扁白费心。

注:4月26日至5月3日,中国国民党主席连战率代表团访问大陆,受到胡锦涛总书记的亲切接见。国共两党发表

声明,在“九二共识”的基础上发展两党合作。会后连战到西安访问,受到当地民众热烈欢迎。他的母校后宰门小学的小学生列队在校门高呼:“连爷爷回来了!”连战激动得热泪盈眶。

二〇〇五年五月十日

登天姥山歌

丙戌年孟冬,竺公岳兵邀中国李白研究会十数人,同游天姥山考察。山上云雾缭绕,时有小雨,唯见远山明灭,群峦叠翠,山峰忽现忽没,如至仙境焉,因有此纪。

昔日曾读谪仙梦游吟,如今冒雨来登天姥岑。烟霞明灭青峰上,千岩万转路难寻。荆棘丛生荒草深,山间唯见牛蹄痕。沿着蹄痕攀山去,翻崖跳涧见山村。山村坐在半山坳,村有古风待客好。村媪盛情来相邀,备有热茶与红苕。热情为问游山人,何有工夫到我村?听说来寻太白迹,满面春风分外亲。借问山中何所有,唯多烟霞与白云。又道昔有谪仙人,为寻天姥到此村。请他也是吃红苕,曾留筇杖表寸心。筇杖高插山坡上,化作村后青竹林。竹林一片如云烟,见竹如同见谪仙。辞别村人又登山,此峰更比他峰艰。只有溪沟无有路,唯见一线上通天。岩陡石滑路崎岖,何处谢公青云梯?袜穿鞋断攀登苦,只恨无有谢公屐!半壁海日在何处?空中天鸡未曾睹。眼前只见浓雾罩,云有野鹿时出没。青青欲雨云幂幂,主峰更在此峰西。路陡山高攀行迟,暂倚石头歇半时。小憩渐觉气喘平,同伴扶我再攀登。山顶传来笑语声,当是仙女待仙翁。登上顶峰四处望,畅怀迎来八面风。高呼一声我来了,天姥神仙快相迎!耳畔忽觉仙乐鸣,眼前缭乱放金星。天花乱坠铺为路,云霓飘来成彩虹。云之君兮纷纷下,仙之人兮列队迎。一阵烟云去,依旧草凄迷。虹亦不可见,仙亦无踪迹。似有谪仙对我语,声声犹响在耳际:富贵轻如梦,求仙亦难期。古来万事东流水,只有青山是归宿。心中忽悸动,恍然如梦醒。神仙洞府何须求,仙境原在我心中。再看天姥神山上,只有烟树雾蒙蒙。天姥真面真难逢,终年碧纱悬在空。天姥连天向天横,古有几人到此峰?仰望峰峦翠烟起,空留仙山想象中。真面朦胧亦是好,何必浑沌凿七窍。留得心中一缕梦,伴我终生寻未了。

二〇〇六年十一月二十七日

澳门赌场行

几次曾到澳门行,印象最深数赌城。大小赌场几十座,竞相攀比来经营。赌场美名"娱乐场",名称虽异意却同。"葡京"赌城牌最老,声扬中外早驰名。于今又嫌规模小,斥资又建"新葡京"。"永利""皇英"

紧跟上,“金沙”后起势最雄。“威尼斯人”孰堪比,“希腊神话”“法老宫”。金壁生辉似宫殿,彩灯如虹眼缭乱。场内赌桌连成片,人山人海来参战。大腹便便皆豪客,出手一掷即百万。也有初来染指者,出赌只有几百钱。来者多为大陆客,起初皆为看稀罕。旁观不觉手发痒,也来上前赌一盘。赌场之中竞风流,有人欢喜有人愁。有客出手掷五千,顷刻赢得一万钱。眼见赌金成倍翻,怎不令人心欢然。心喜颜欢上眉梢,愈赌愈觉胆气豪。又押五万上牌桌,呼卢拍股声大叫。可怜掷黑渐成白,顿时本利全输掉。莫道赌输是偶然,庄家当自有妙算。赌客钱囊渐见瘪,庄主钱箱渐见满。豪气满怀入门来,垂头低眉出门走。目眩不辨路东西,狼狈只似丧家狗。赌钱如同炒股票,愈赢愈觉有盼头。到头竹篮空打水,只因见好不能收。贪心能使蛇吞象,胀破肚皮把命丢。小赌小赢渐入彀,大赌大输举家愁。更有盗用公款者,一掷千万付东流。锒铛入狱谁能救?此生悔恨死时休。寄言天下好赌者,梁园虽好莫久留!

注:据云,博彩业为澳门的支柱产业,占其经济总收入的70%。起先澳门只有葡京一家大赌场和几家小赌场,近年来又连续兴建十几个大型娱乐场,一个比一个豪华气派:“新葡京”“永兴”“金沙”“法老王宫殿”“威尼斯人”“希腊神话”……眼见国人腰包中的白花花的银子都流水似的淌进澳门赌窟的大黑洞里去了。

二〇〇八年三月二十二日

雾中游黄山

昔登莲峰雾不开,今日携杖我又来。欲踏白云黄山去,天都峰上望蓬莱。云车载我入青冥,排云御雾到山顶。峰峦明灭忽不见,谷中茫茫烟气涌。云烟迷蒙石径间,浓雾渐开一线天。十八奇峰拔地出,始信世间有仙山。仙山常隐云天外,烟雨遮来雾又霾。人间轻易不得见,今能见之何幸哉!奇峰偶现云又封,山行只在烟雾中。所喜奇松处处有,逸枝旁出争相迎。前有一松名黑虎,后有二松连理形。更有奇松不知名,千姿百态挂绝峰。玉屏有松姿最佳,张臂迎客到山崖。游人树前争留影,归去好向众人夸。此行雾重难见山,但见怪石立道边。有石似猫竖双耳,如听游客笑语喧。又有仙人指路石,指点行人过山弯。路口忽现一石拳,大拇指头翘上天。似赞来者皆好汉,勉力再向高峰攀。有一巨石最有派,形似鳌鱼卧崖台。上有题字大如斗,“大块文章”引人猜。要想文章作大块,请到鳌鱼背上来。独占鳌头临风立,向天狂书展雄才。遍踏黄山寻佳景,雾裹天地一笼统。大象无形纳万象,好景尽藏大象中。莫道今来有缺憾,莫说“天都”未得见。天地本来就不全,人有憾事莫有怨。黄山之美有千面,今年未见待明年。雾雪晴雨四时美,四美并现古来难。

二〇〇八年十月二十九日

青霞歌

——拜谒安阳马氏庄园青霞故居

南有秋瑾北青霞,清末民初美名佳。秋瑾横刀驱鞑虏,青霞捐金救中华。秋瑾侠气冲牛斗,青霞眼光越天涯。二人功绩虽不同,堪称巾帼并蒂花。秋瑾孤山埋忠骨,青霞洹上事桑麻。“天下为公”为君题,岂是寻常女儿家。今日我来庄上拜,一炷心香绕楼斜。

注:马青霞,安阳市西蒋村人,为晚清两广巡抚马丕瑶之女,后嫁入尉氏县首富刘家,改夫姓刘,故又名刘青霞。其夫早死。后至日本留学,加入孙中山创立的同盟会,多次出资办学并资助辛亥革命,为著名的社会活动家。晚居娘家洹上蒋村。孙中山曾亲题“天下为公”相赠。与秋瑾齐名,民国时盛传“南有秋瑾,北有青霞”。

二〇一一年五月七日

中国文字歌

——参观安阳殷墟和中国文字博物馆

中华文明源远长,赖凭文字记辉煌。最早出现彩陶上,点画似字费猜量。小屯考古新发现,龟甲牛骨堆成筐。上有文字迹斑斑,学者辨之义甚详。殷商六百年间事,历历可考皆成章。文字成熟人惊叹,五体之变自此彰。大篆小篆由兹出,隶楷工整草书狂。文化载体汝为任，书法艺术世无双。天下文字汝最美，矫如神龙云中翔。字兮字兮方块字，国之瑰宝骄万邦！

注：殷墟在今河南省安阳市西北郊，为殷商王宫故地，现为世界文化遗产。1928年在此地的小屯村发掘大量的甲骨，上刻有占卜文字，即今甲骨文，是中国目前所发现的最早的成熟文字。2009年在安阳市北建立中国文字博物馆，共入藏文物4123件，其中一级文物305件，涉及甲骨文、金文、简牍和帛书、汉字发展史、汉字书法史、少数民族文字、世界文字等多个方面。

二〇一一年五月七日

张家界行

陶潜曾写桃花源，源在武陵溪水端。山有一孔渔翁入，但见人着秦衣冠。此地景美似仙境，人如神仙乐陶然。太守闻说亲身往，飘然欲去寻神仙。桃花溪水溯源尽，仙源不见船空还。仙境哪得凡人见？千五百年隔人间。待我盛世奇迹现，桃源大开始见天。山中有人衣裳古，外界人称土家族。不知人间是何世，代代耕织皆自足。风云突变人世改，方惊山外世界殊。桃源今称张家界，扬名中外如仙都。千峰如柱拔地出，万壑云烟影模糊。奇景叠现美如画，赢得世人大惊呼。金鞭溪上日初映，峰如金鞭列岸途。水如流碧石如玉，波光粼粼浪溅珠。世传溪中产大鲵，夜深犹闻小儿哭。古树夹道绿如绣，岸边野花杂水竹。黄石寨高入云渺，登山始见风光好。两峰并峙石门开，似迎众宾入山早。石龟翘首东望处，五指峰上白云绕。是谁手持开山斧，劈出群峰如剑鞘？武陵奇景传四海，众家影视争相拍。美国大片《阿凡达》，选景就在袁家寨。天然石桥世间少，“乾坤一柱”惊海外。魔幻世界加仙境，飞仙神怪展异彩。精妙最数天子山，群峰簇拥入云天。传说向王起兵处，十万豪杰举义竿。人尊向王为天子，欲与帝王争江山。事虽不成壮士死，英魂化作峰万千。壮哉英灵魂不灭，砥砺后人继前贤。至今山有贺龙像，巍然屹立天地间！张家界今有盛名，已录世界遗产中。地美景美人更美，好山好水育英雄。武陵胜境大而化，灵秀之中添雄风。心胸激荡未能已，提笔欣书此一行。

二〇一一年七月二十八日

登古吹台歌

汴京城南有吹台，今我乘兴登高来。天清云淡雁飞尽，满园黄花为我开。相传春秋有师旷，台上鼓琴动九垓。长风浩浩过千载，余音泠泠今未衰。李杜高适聚梁宋，吹台之上情豪纵。李歌一曲梁园吟，杜挥诗笔风云动。高适赋有大梁行，举杯把盏尽吟兴。诗句高悬如日月，至今人人争相诵。风流遗韵今尚存，李杜高风有传人。人世虽从岁月改，山川依旧容华新。昔年盛唐怎比今，神州处处动歌吟。高吟大唱三千首，扬我风骚李杜魂！

二〇一一年十月二十九日

热海放歌行

热海，即今吉尔吉斯斯坦伊塞克（即热的意思）湖。二〇一五年十月中旬，在吉尔吉斯斯坦举办“李白与丝绸之路”国际学术研讨会，会余至伊塞克湖观光。伊湖是丝绸之路的必经之地。雪山热海，风光奇异，历史传说，扑朔迷离，因作此诗以记之。

昔有岑参热海行，极言热海水如煮。我觉神奇难以信，今日方来始一睹。海水清澈直见底，水中游鱼清可数。虽无沸浪煎汉月，深秋暖如春风度。凌晨早起看日出，一片黑云影模糊。俄顷黑云变红云，日光四射光满湖。日照天山岭上雪，白桦黄杨杂相列。山光水影相荡漾，海上风光为之绝。海中水温二十度，内有温泉千百处。四围雪山环海水，严寒大雪冻不住。夜晚明月当空照，草气花香暖风拂。当前已临霜降节，仍有游客海中沐。但觉出水身上凉，水温反比岸上强。海深六百七十米，中有鱼龙深处藏。玄奘当年过此湖，水中有鱼不敢捕。云此湖内有水怪，常从风雨水中出。于今海畔石头多,磊磊落落遍山坡。颜色斑斓呈五彩,上有图画似人摹。石头个个大逾斗,风吹沙走石不走。传说石头乃羊变,千年流传旦复旦。昔有牧童来放牧,一夜群羊皆不见。天明牧童来寻羊,只见石头一大片。石头上面有羊形,羊皆钻进石里面。轻叩石头有羊叫,牧童听了心骇然。从此成为魔鬼滩,行人匆匆不敢看。传闻此说有人解,海上仙人夜不歇。拍羊成石遍海滩,依山傍海成一绝。留与后人作景观,价比羊群高万千。凡到热海游览者,看海看石又看山。一条丝绸文化路,联结万水与千山。文化多彩又璀璨,中西交流大串连。我愿热海水永热,从此西域无严寒!

二〇一五年十月十七日

草于吉尔吉斯斯坦伊塞克湖畔

◎ 五律

饥年赠学友

荒岁欠粮收，饥肠隐隐揪。
早餐星影淡，晚饭月光稠。
勒紧裤腰带，齐心争上游。
今吾少年辈，应为国分忧。

注：颔联二句谓早餐是稀汤，汤中的米粒寥若晨星，晚饭还是稀汤，能照见月影。

一九六〇年(时年十六)

乘缆车上香炉峰

昔我羡仙子，凌云飞九重。
今余乘索道，飘忽上天空。
举手揽红日，拦腰系彩虹。
山头歌一曲，流韵壮东风。

一九八二年十月

过襄汉路

路经襄汉地,疑至武陵行。
汉水澄如镜,青山绣似屏。
窗前双鹭过,江上数帆轻。
处处风光好,渔歌颂太平。

一九八二年十月

李白故里青莲乡纪行

车入青莲界,风光异我乡。
白云环翠岭,清水绕村庄。
慈竹交枝绿,荷花并蒂香。
山川灵秀气,化作锦云章。

一九八二年十月于江油

乘江轮自三峡下武汉

襟带巫山雨,来从江汉游。
吟诗过赤壁,鸣笛向桥头。
烟里看黄鹤,波间舞白鸥。
莫吹落梅曲,行客不知愁。

一九八四年五月

泛舟西江游采石矶天门山

载酒西江上,清歌对玉樽。
诗吟牛渚月,酒奠谪仙魂。
沙岸白鸥洁,中流黄水浑。
千帆云外至,竞渡过天门。

一九八五年六月二日

冒雨入蓝田辋川寻王维故居

入川三十里,径路渐难通。
涧窄泉声急,山空鸟语重。
清风吟密竹,冷雨响疏桐。
何处寻遗墅,白云迷旧踪。

一九八五年九月

登青城山

携杖登高去,幽风习习来。
绿苔满蹊径,丹桂遍山隈。
路转青峰出,云飞古寺开。
天师何处觅,鹤驾去无回。

一九八七年十月

重九赏菊

数畦篱畔菊,一夜冒霜开。
幽淡清香远,婆娑倩影来。
欲倾陶令酒,愧少易安才。
重九登高去,山楼风满怀。

一九八七年十一月五日

登九华山

为寻太白踪,今上九华峰。
山果霜中紫,幽篁雨后青。
江随帆影尽,烟绕碧峦生。
禅寺在何处?钟传云外声。

一九八九年九月五日

访杜甫故居

故园山水好,育此杜陵豪。
一水村前绕,三峰窑后标。
庭前梨枣熟,笔底凤毛飘。
南望鸟飞处,嵩山云树高。

一九九四年十一月

读杜甫《秦州杂诗》感怀

漂泊一穷叟,凄凉作远游。
鱼龙秋水冷,鸟鼠暮云愁。
满掬思亲泪,深怀去国忧。
秦州悲世事,白了少陵头。
一九九六年九月十日于天水

灵宝荆山铸鼎原黄帝陵

夕阳湖上照,山碧水依依。
远望桃林渡,近临梨雪蹊。
轩辕魂葬地,古冢帝埋衣。
铸鼎骑龙去,传闻百世疑。
一九九九年四月

游襄阳城步韩公成武韵

雨中风景好,宜作绕城游。
路湿青泥泞,夜深灯火幽。
未登浩然府,共上仲宣楼。
他日若重访,澄江共泛舟。
一九九九年十月二十二日

附原玉：

雨中偕友游襄阳

（保定）韩成武

襄阳秋雨好，爽气助朋游。

汉水烟波净，岘山林木幽。

夺心米公馆，飞魄仲宣楼。

不见孟夫子，垂纶何处舟？

一九九九年十月十九日

奉和邝健行教授游内蒙古大草原诗

漠北云天阔，川原四望青。

胡儿马矫健，牧女舞娉婷。

风物异南国，牛羊遍北庭。

塞歌薄暮起，断续帐前听。

二〇〇〇年八月十日

附原玉：

随杜甫研讨会群贤游内蒙古大草原呈葛景春教授

（香港）邝健行

云片垂空阔，原平入目青。

塞歌余荡漾，舞女复娉婷。

人物今江左，山川昔漠庭。

群贤多彩笔，雅咏下风听。

二〇〇〇年八月四日

奉和邝公健行登泰山诗

岳高晴复雨，吾辈共登临。
日观秋霞灿，天街暮雾侵。
俯看苍岭秀，仰视岱云阴。
凌顶少陵句，沛然盈我心。

二〇〇〇年十月三日

附原玉：

登泰山

（香港）邝健行

东岳晴兼雨，飞车众彦临。
悬空索道直，向晚乱寒侵。
远岭成层浪，云光散薄阴。
瞻台思圣哲，谁复见天心。

二〇〇〇年十月二日

游九寨沟

林端悬瀑布，湖影映青天。
岩陡千流碧，池深五彩斑。
转身山景换，移步水光迁。
谁把天仙境，深藏此壑间？

二〇〇一年九月二十六日

步韵奉和邝公健行参加太白诗会五律三首

其一

客从南海发,草木未零凋。
鹏鸟展双翅,云程飞半朝。
窗前生白日,翼下滚江潮。
万里飞行急,为应雅主邀。

其二

太白真豪士,雄才出自天。
十篇方歇笔,百首一挥弦。
才绝时人忌,数奇英杰怜。
应知千载后,我辈念君贤。

其三

海龟言大海,遂受井蛙嗤。
天上揽明月,瑶台采紫芝。
冰清人可鉴,泥浊主生疑。
风扫浮云尽,尘寰仰玉姿。

二〇〇一年九月三十日

附原玉：

纪念李白诞生1300周年三首

——赠葛景春先生

（香港）邝健行

其一

岭外秋仍暑，江南草未凋。
启程初上日，着陆已终朝。
翠拥驰驱路，凉生动荡潮。
主人真盛意，几度鲤鱼邀。

其二

五彩青莲笔，纵横绘地天。
不须论八斗，谁与和高弦。
壮志胡沙静，斯人白首怜。
相知唯大雅，感激念前贤。

其三

鲁叟言三万，迂儒自可嗤。
举杯招明月，授箓采灵芝。
仙谪淄难染，才高世或疑。
公园秋祭日，同仰海天姿。
二〇〇一年九月二十五日

奉和邝健行先生咏杜诗

胸怀济民志，忧世屡牵肠。

辗转经三峡，漂流至楚湘。
家山望更远，诗兴老逾狂。
舟泊洞庭岸，晚霞明水光。

二〇〇二年十一月四日

附原玉：

长沙杜甫研讨会一首呈葛景春先生暨与会诸君

（香港）邝健行

稷契平生志，谁知内热肠。
云山同彩服，舟楫及清湘。
漂泊含悲老，嘘呼束带狂。
高怀寻不尽，大雅日齐光。

二〇〇二年十一月一日

樱　花

蔚然明似霞，人道是樱花。
灼灼千枝满，夭夭一径斜。
随风飞后院，泛水过前家。
转瞬春将逝，依依惜岁华。

二〇〇四年三月二十八日

汴京新八景咏

清园早春

河上清明日,帝城春色深。
桥弯虹吸水,墙峻柳垂金。
游客千街满,人间万象新。
眼前疑是梦,谁使画成真?

注:清园,指清明上河园,是根据宋代著名画家张择端所绘名画《清明上河图》在开封龙亭西新建的旅游园区,再现了宋代汴京的繁华风貌。

视塔白云

城西高塔峻,装点汴京春。
眺远看黄水,凌空挑白云。
频传千国影,牵动万家心。
酷似埃菲尔,巍然卓不群。

注:视塔,指新电视塔,于2000年建于开封市城外的西北郊,高268米。可登览开封市区及郊野景色。

名观新晴

道观名延庆,世间传美名。
亭亭晴阁峻,霭霭玉堂清。
天女舞红袖,仙人吹玉笙。
欲随丘处子,仗剑海涯行。

注:名观,指延庆观,在开封市包公湖北岸。原为元代建

造的朝元万寿宫的斋堂,明洪武六年(1373)改名延庆观。元代的全真道教主丘处机曾在此观中当住持。

南衙秋容

肃穆开封府,包公坐北厅。
紫袍泛寒色,铁面凛秋风。
奸佞闻心悸,贪官望胆崩。
招魂谁有术,能使尔重生!

注:南衙,指开封府,因原在皇城之南,故称南衙。地址在包公湖北岸,与延庆观比邻。

会馆瑞雪

会馆严冬至,弥天瑞雪飘。
绮窗梅蕊秀,雕壁梨花娇。
雪染关公鬓,冰凝偃月刀。
丰年今又兆,商海起春潮。

注:会馆,指山陕甘会馆,在开封市徐府街中段路北,是山西、陕西和甘肃商人集会的场所。馆内建有关公庙,关公乃武财神也,又是山西人,故山陕甘商人多供之。

龙亭夜色

龙亭彩灯灿,光影夜湖莹。
星斗云间邈,焰花天际明。
月临水沉璧,舫去火流萤。
丝管鸣天乐,群民唱大风。

注:龙亭,在开封城内北部,原为宋皇宫御苑的一部分,明代为周王府邸。现在的龙亭建筑是清康熙三十一年(1692)在明周王府的煤山上建筑的万寿亭,每逢皇帝生日官吏来此朝拜,故称龙亭。龙亭前有两个湖,东为潘家湖,西为杨家湖,皆为宋代的皇宫遗址。

翰园烟雨

烟雨笼高阁,观碑入画廊。
草狂蛇绕树,篆古蝼爬墙。
楷体尊颜柳,行书爱米黄。
古今书万幅,翰苑尽琳琅。

注:翰园,即翰园碑林,是开封李公涛先生集资所建。园内收集和仿刻了古今名人书法五千余碑,镶嵌在回廊上,是当代不可多见的书法宝库。

古城暮霭

层厦识新貌,箭痕知古墙。
高城冷烟紫,汴水暮云黄。
日落堞犹赤,秋来树尽苍。
登临城下望,灯火渐辉煌。

注:古城,指开封城墙,为宋城遗址,因屡遭黄水之祸,都被黄沙淤埋在十几米以下,已不可见矣。现在的开封城墙是明洪武元年(1368)在金代汴京城的基础上,以陪都的规格重修的。清道光二十二年(1842)重修,即今日之开封城墙。

二〇〇四年十二月二十日

奉和邝公健行先生《赛里木湖》诗

远行将夜半,夕照未全消。
湖面翻清浪,霞光染赤潮。
相机频复举,朋侣喜相招。
挥手登车去,长歌破寂寥。

注:赛里木湖位于新疆伊宁山区,为中国最西部地区的高原湖,与北京有三个小时时差。车到湖边已是夜间十一时,还能看到湖边落日,此时风景极为奇丽壮观。

二〇〇五年七月六日

附原玉:

赛里木湖

(香港)邝健行

余晖铺绚丽,午夜始言消。
未掬高山雪,唯观赤岸潮。
夏凉仍四起,远塔若相招。
我欲舒长啸,湖空破寂寥。

二〇〇五年七月五日

拜谒九嶷山舜帝祠殿

金瓦重重殿,陵祠气势雄。
九嶷朝圣驾,万象拥神宫。
帝德垂彝典,民心思大同。

中华今一统，赖仰有虞功。

注：舜帝陵祠殿在湖南省宁远县九嶷山舜源峰前，传闻自元明后已改建此处。二〇〇三年重修，陵祠金碧辉煌，气象阔大。

二〇〇五年九月二十五日

致马鞍山市友人

青莲终老地，天下美名闻。
人物风流远，山川气象新。
当涂铺锦绣，采石绕仙云。
今日来重访，主人情意殷。

二〇〇六年九月

应竺岳兵先生之邀再访唐诗之路

欲随谪仙子，梦入水云乡。
天姥看霞灭，石梁观瀑长。
东山拜安石，浙濑访严光。
归棹剡溪上，烟舟泛碧江。

二〇〇六年十一月二十七日

谒荥阳刘禹锡墓

清晨随诸友,荥水祭诗豪。
湛湛园中泽,萋萋墓上蒿。
有才赋清庙,无命燮天朝。
今日檀山下,浊醪慰寂寥。

二〇〇八年四月十日

海　棠

春到碧沙岗,满园皆海棠。
美疑西子面,俏过贵妃妆。
明艳灼人目,妖娇断尔肠。
倾城爱花者,如醉复如狂。

二〇〇九年四月二日

紫　荆

何日观花好,清明三月天。
白如珠玉串,紫若海瑚鞭。
枝拂湖光动,风来花瓣旋。
行游时莫晚,春意渐阑珊。

二〇〇九年四月五日

访红旗渠

凿引天河水，潺潺绕太行。
岸悬千尺峻，花染一渠香。
万顷禾苗绿，百坡油菜黄。
山乡换新貌，先辈铸辉煌。

二〇一一年十一月四日

人间第一峰

——纪念毛泽东 120 周年诞辰

巍然如朗玛，高耸入云空。
俯视千山矮，环看万象雄。
阳崖花绣锦，阴岭雪飘风。
晴雨三千界，人间第一峰。

二〇一三年十二月

王永宽兄诗集读后

吾友有宏才，诗涛滚滚来。
古今体俱备，情理事皆该。
五首情难尽，十篇怀乃开。
佐之一壶酒，万象任君裁。

二〇一四年六月六日

习家池

今逢天气好,来访习家池。
观日晨来早,登山暮归迟。
沿溪寻旧馆,循路觅新诗。
亭阁依然在,令人思昔时。

注:习家池在今襄阳市岘山之南,为东汉襄阳侯习郁的私家园林,是中国现存的私家园林鼻祖。

二〇一四年十二月三日

米公祠

穿城又渡江,来访米襄阳。
汉水鸭头绿,中庭杏叶黄。
临池字雄秀,拜石事颠狂。
两眼无唐宋,书唯尊二王。

注:米公祠在今襄阳市汉水之北,是纪念宋代大书法家米芾的祠堂。杏叶,指银杏叶,落叶呈金黄色。

二〇一四年十二月三日

◎ 七律

放风筝

紧拉丝线慢摇栓，只只风筝云里钻。
二月东风才拂地，三春阳气始升天。
柳垂嫩叶黄晕绿，水泛涟漪碧透蓝。
湖上鸭群何忽乱，彩鸢线断水中翻。

一九六二年二月二十四日

中秋寄友

清光如水透窗栏，卧把嫦娥仔细看。
云海飞鸿寄我意，中天明镜照君颜。
思君不见君姿倩，望月唯余月色寒。
但愿凌风跨水去，与君花下共婵娟。

一九六三年中秋节

春日郊游

郊原踏遍日初斜，闲约吟朋访物华。

秋蝶仍怜园里草，春蜂偏喜地头花。
莺啼笼内终非所，鹤唳云中始是家！
莫怪心潮今已动，风光无限在天涯。

一九六四年四月

登开封古城墙

乘凉登上古城墙，晨气清新野兴长。
郊外沙黄汴水白，城中湖碧柳烟苍。
野芳缠足足生翠，粉蝶绕衣衣染香。
此味诗中似未有，他乡游子细思量。

一九六五年六月二十四日

书　怀

少年久有凌云志，怀挟红书天下游。
挥旆高歌五岳动，叩舷击楫大江流。
激扬文字风华茂，指点江山意气遒。
愿得巨灵擘山手，高擎红日照神州。

一九六六年十月

奉和马随州兄重阳登高韵

登高远望豁明眸，万里萧条草木秋。
菊遇寒摧花更艳，松经霜打干逾遒。
吟成七步君真健，捻断三须我为俦。
莫笑岛郊诗思苦，吾将唤起与同游。

一九七二年十月

附原玉：

重阳登高

（洛阳）马随州

碧霄黄鹤飞飞去，天地一人万木秋。
每梦长风南北海，常吟文句岳阳楼。
兰亭序后幽情老，赤壁舟头白露收。
顿味子昂台上泪，啸歌欲卧片云游。

一九七二年秋

和随州兄一律

昔年挚友尽青衿，把盏围炉论古今。
量浅思艰谁似我，诗豪酒健众推君。
饮酣浩气凌霄汉，笔走龙蛇跃紫氛。
当日豪情今在否？霜侵鬓发宜多珍。

一九八二年二月十七日

附原玉：

寄景春等友人

（洛阳）马随州

鸿唳偏撩沦落人，枝疏花褪嘲残春。
青天大道能余我，白墨无成愧抵君。
光射斗牛鸣紫电，胸腾浩气驱妖氛。
危楼云远诗绪断，闻许斯人且自珍。

一九八二年春节

黄山迎客松

顶风斗雨玉亭亭，根系悬崖石罅中。
雷劈难摧枝似铁，山崩不动干如铜。
冬寒秋肃难移色，送往迎来未改容。
宜在玉屏峰上看，时而雾里露峥嵘！

一九八五年五月

贺安陆李白纪念馆落成

飘零书剑去乡行，千里来观大国风。
半夜攻书白兆寺，十年磨剑碧山峰。
云连襄汉仰诸葛，地接三湘慕屈平。
一自谒韩长揖后，满城风雨楚人惊。

一九八七年十一月

与台湾胞兄兰春于香港相会

两岸暌离四十年，别时容易见时难。
家严闾里眼空盼，慈母堂前襟不干。
别我垂髫年尚幼，见兄华发鬓先斑。
此生竟会香江畔，相对泫然疑梦间。

一九八八年元月

陪台湾胞兄芳春还乡

少年背井老还乡，小麦扬花杏未黄。
旧识池蛙吹且鼓，陌生家犬吠而狂。
匆归团聚日光短，久别重逢夜话长。
趁月醉经田垄过，蕊沾衣袖遍身香。

一九九八年五月

游隆中有感

茅庐隐处郁葱葱，此地当年起卧龙。
运复五铢雄志在，鼎分三国霸图宏。
君臣际遇风云会，鱼水交融大业隆。
先主若无三顾意，霸图雄志两成空。

一九九九年十月

谒青冢咏王昭君

昭君千里远和亲，马上琵琶入塞云。
欣起笙歌连朔漠，喜看胡汉息烽尘。
风清草偃牛羊见，云白天长穹帐新。
能化干戈成玉帛，论功不数霍将军。

二〇〇〇年八月六日

诗人自古数中州

——第三届河南诗词学会贺词

诗人自古数中州，百宋千唐任尔搜。
西洛华章惊禹域，东京丽句耀春秋。
墨磨嵩岳千寻挫，笔涮黄河万里流。
今日吟坛多俊秀，看谁翰海主沉浮！

二〇〇一年二月

成都草堂怀诗圣杜甫

浣花溪畔暖风吹，三月草堂花径菲。
一片竹林吟晚籁，数间茅屋恋斜晖。
檐前飞燕离还返，堂上诗人去不归。
今日我来阶下拜，心香一瓣绕云飞。

二〇〇一年四月

庆祝建党八十周年

建党欣经八十年，丰碑高耸入云天。
长征万里缚豺虎，抗战八年驱日顽。
天地变新毛业伟，国门开放邓途宽。
喜看今日遍寰宇，唯我神州旗最妍！

注：抗战八年，指 1937 年卢沟桥事变至 1945 年日本投降期间举国进行的全面抗战活动。加上中国共产党所领导的对日本侵战我国东北的抗战活动，中国的抗日战争共进行了十四年。

二〇〇一年六月

谪仙咏二首

——纪念李白 1300 周年诞辰

其一

横空出世不羁才，襟抱平生半未开。
才教贵妃醒酒罢，又呼力士脱靴来。
岂堪踝躞夜郎道，只当蹁跹明月台。
为报先生酒未足，欲邀花下醉千回。

其二

天感诗坛乏大贤，故将太白谪人间。
公卿谑似儿童戏，富贵抛如草露翻。

醒吐狂言星堕地,醉怀诗胆志冲天。
尘寰游罢驾鹏去,下视神州九点烟。

二〇〇一年六月三十日

新郑白居易故里

轩辕故里一书生,早岁辞乡万里行。
脚踏风雷走天下,肩担书剑入咸京。
一篇长恨寓褒贬,百首讽诗倡正声。
莫道长安居不易,千秋谁不识君名!

注:白居易祖籍太原,于大历七年(772)生于新郑县东郭宅(据朱金城《白居易年谱简编》)。

二〇〇一年八月二日

读义山诗

多情最数玉谿生,沁水之阳学凤鸣。
肠至柔时多缱绻,事牵隐处自朦胧。
一双蝶舞梦中影,五十弦翻曲外声。
锦瑟无端深婉甚,蜀云楚雨尽含情。

二〇〇一年八月二十四日

母校八十周年缅怀诸恩师

忆昔津门负笈时,诸师门下学唐诗。
十年树木春风暖,百岁育人甘露滋。
头白山高瞻仰止,眼花灯下著书迟。
恩师虽去音容在,桃李喜看花满枝。

二〇〇一年十月二日

九寨沟黄龙风景

曲曲弯弯皆碧水,层层叠叠尽明湖。
大如长海纳星月,小似金盘托玉珠。
龙隐深潭枯木卧,鱼悬空影日光浮。
是谁打破瑶台镜,碎落人间作画图?

二〇〇一年十月五日

登衡山怀太白少陵

登临直上祝融峰,叠嶂苍茫连紫冥。
云里仰看回北雁,天边遥拜老人星。
少陵忧世吟赤凤,太白畅怀歌雪风。
今我携朋归去晚,夕阳红染万山枫。

注:少陵句,杜甫有《望岳》云:"南岳配朱鸟,秩礼自百

王。欻吸领地灵，鸿洞半炎方。”太白句，李白有《送陈郎将归衡山》云：“衡山苍苍入紫冥，下看南极老人星。回飙吹散五峰雪，往往飞花落洞庭。”

二〇〇二年十一月二日

诗圣咏

——纪念杜甫诞生 1290 周年

天将大任付斯人，四海飘零一世贫。
宗庙欲倾忧社稷，吾庐独破念生民。
品如日月辉天地，诗似珠玑烁古今。
千载我逢公诞日，一樽薄酒酹骚魂。

二〇〇二年十一月四日

春谒李贺故里

又是清明三月天，我来昌谷祭诗贤。
女几山下野芳翠，神女祠前古木繁。
一片青原春色暖，千株凤尾雨声寒。
王孙像下仰瞻久，斜照依依送洛川。

注：李贺故里在今河南宜阳县三乡乡，旧名昌谷。王孙指李贺，他是唐宗室大郑王之后，故称王孙。

二〇〇三年四月十日

读《茅屋为秋风所破歌》有感

广厦千间庇寒士，诗人大愿可成行？
商楼已蔽云中月，漏屋仍残天上星。
衢路虽无饥死骨，朱门依旧醉歌笙。
城狐社鼠若仍在，此老双眸应不瞑。

二〇〇三年七月二十九日

恒山悬空寺

北岳巉崖凌碧空，遥看绝景叹神工。
画楼飞架悬岩下，木柱高撑石壁中。
俯槛犹闻岭猿叫，凭栏但见白云封。
是谁移窃瑶台阁，嵌此山腰作梵宫？

二〇〇三年八月二十五日

毛泽东颂

——纪念毛主席 110 周年诞辰

辟地开天第一功，横空出世起人龙。
梭标万杆恶豪惧，毛瑟三军倭寇平。
跃马驰骋辽海上，挥师横扫楚江东。
中华从此开新宇，屹立东方世界惊。

二〇〇三年九月

喜看神舟五号发射成功

穿云破雾看神舟,首载华人宇海游。
离地瞬行三万里,巡天笑指一环球。
凌空揽月愿将现,翔宇勘星志可酬。
织女莫愁银汉隔,飞船接尔会牵牛。

二〇〇三年十月十六日

世界客属第十八届恳亲大会在郑召开喜赋一律

浪迹天涯不忘根,中州齐聚客家人。
三千游子思归泪,百万乡亲迎客心。
河洛家山形影旧,轩辕故里物华新。
客舟虽总飘江海,永系痴情黄水滨。

二〇〇三年十月二十六日

从香港乘机赴台北探亲

汪洋大海接长空,欣坐银机上九重。
翼底白云变苍狗,天边赤照染青穹。
一湾浅峡水难断,两岸亲情血易融。
下视山川清可辨,已过阿里最高峰。

二〇〇三年十二月七日

送詹福瑞兄赴国家图书馆上任

春来锦绣满京华，拥坐书城意自佳。
蓬阁青灯光宝典，函关紫气映朝霞。
心游万卷及三教，神越千年遍百家。
赖有东风催好雨，手中彩笔顿生花。

二〇〇四年春

咏岳飞

还我河山义填膺，金戈铁马啸西风。
横歼金虏显身手，直捣黄龙看杰英。
恶铁难消国人恨，将军永驻汗青名。
中州历数英雄事，说到岳家心不平。

注：恶铁，指岳飞庙前秦桧夫妇等铸铁跪像。

二〇〇四年六月十日

戏和佟培基兄七律一首

少年意气岂甘凡？共读寒窗着夹衫。
千里从军朔气冷，三年负笈海风咸。
平生自娱诗词字，老病愧担名士衔。
且待报还家国后，扁舟一叶任风帆。

二〇〇四年八月十日

附原玉：

六十延聘招收唐诗博士生戏作

（开封）佟培基

行藏用舍自平凡，不履衡门更不衫。
阅尽炎凉归淡泊，遍尝甘苦识酸咸。
静摹盂鼎铭文字，老署唐诗博导衔。
回首少年心事涌，横流沧海挂云帆。

附和诗：

老友葛景春酬和用前韵答之

（开封）佟培基

投老身心欲脱凡，秋风晞发振衣衫。
故人歌哭同哀乐，世事悲欢尽苦咸。
巨刃摩天存旧稿，流年似水胜虚衔。
凭楼独爱斜阳处，回味人生上下帆。

喜闻中国女排又夺奥运冠军

奥运频传捷报声，女排今又夺魁英。
先输不馁兵家事，终胜无骄大将风。
猛杀狠抽如霹雳，严防密守胜长城。
国歌一曲冲天起，亿万炎黄热泪倾。

二〇〇四年八月二十九日

寄邝公健行

君居香岛我中州，心绪翩翩思不收。
联句江南秋水净，狂歌塞北夏云悠。
谈诗共祭少陵墓，论侠同登太白楼。
携杖欲随邝公去，飘飘天地两沙鸥。

二〇〇五年二月一日

附和诗：

奉和葛景春先生近惠大作

（香港）邝健行

几回瑶采惠中州，侠气高情笔底收。
句有鹤声飞一一，别从柳岸忆悠悠。
朔边沙起龙盘柱，岱岳云开蜃吐楼。
指点昔年同远望，重逢伫俟话沙鸥。

闻日首相小泉坚持参拜靖国神社愤而有作

当年日寇比狼残，烧我村庐毁我园。
膏药旗沾孺妇血，东洋刀挑老人肝。
国仇待雪深如海，血债未还重似山。
最恼倭酋无悔意，神坛岁岁祭凶顽。

二〇〇五年五月十八日

游新疆感怀

车出阳关入大荒，行程动则用千量。
天山雪贯东西路，戈壁沙连南北疆。
赛里木湖余照晚，那拉提甸牧烟长。
打从瀚海归来后，不觉吟诗语更狂。

二〇〇五年七月十一日

谒汨罗屈子祠

秋风袅袅洞庭波，屈子怀沙投汨罗。
贾傅伤心悲作赋，少陵感慨痛吟歌。
大才自古难为用，志士从来多挫磨。
莫笑途穷阮公哭，世间行路总蹉跎。

二〇〇五年九月二日

附和诗：

酬葛景春先生赠《梦诗斋吟草》次《谒汨罗屈子祠》韵

（南阳）郭玉琨

风清露白月翻波，远梦灵均到汨罗。
雨解怀沙同洒泪，风暗骚赋独悲歌。
绕阶兰若空荣萎，镌石碑文半蚀磨。
志抱人生称意少，但凭妙句慰蹉跎。

二〇一〇年元月

祭平江杜甫墓

扁舟出峡任西东,漂泊天涯随雨风。
屈子祠前忧社稷,岳阳楼上叹兵戎。
千家离乱悲歌里,万里归思乡梦中。
寒垄孤坟掩芳草,三杯清酒祭诗翁。

二〇〇五年九月二日

清　明

布谷声声频唤春,樱花似火草如茵。
浪腾壶口涨桃汛,鱼跃龙门闪锦鳞。
国遇明时开泰运,人逢盛世长精神。
愿吾华夏春常在,万里河山气象新。

二〇〇六年四月四日

首都师大召开唐代文学国际学术研讨会感怀

京华群彦论三唐,胜义纷呈情味长。
民族精神须振奋,患忧意识赖弘扬。
怀柔别墅晨岚碧,塞上长城秋气苍。
何必暂离即惆怅,来年更会水云乡。

二〇〇六年八月二十六日

附和诗：

读葛景春兄京都唐代会大作谨奉和原玉并请吟正

(武汉)尚永亮

经横古史壮隋唐,小聚京郊意气长。
繁会五音惊妙论,雄风四海赖高扬。
烟岚东卷宽沟碧,秋气西来塞上苍。
把手共君拼一醉,金山岭即水云乡。

二〇〇六年八月三十日

夜宿鸡公山山村

攀至山腰日已暝,山中借宿石家坪。
一轮明月庭前照,四面吟蛩草下鸣。
西舍三更人尚梦,东邻半夜客先醒。
凌晨报晓峰头上,听取荒鸡第一声。

二〇〇六年九月二十日

读《傅璇琮学术评传》赠傅先生

笔当犁耙砚当田,勤奋耕耘五十年。
育出学林千顷树,辟开诗境九层天。
埋头拉纤亦看路,逆水行舟只闯关。
漫道人生多坎壈,苦辛过后是甘甜。

二〇〇七年六月二十日

庆祝建军八十周年

浴火经风八十程,千锤百炼铁军成。
上天能舞倚天剑,下海堪擒横海鲸。
东顾倭夷仍耀武,西观伊土未休兵。
何时四海一家日,销尽烽烟享太平?

二〇〇七年七月十四日

迎春曲

万里东风催早春,神州处处物华新。
梅花三弄谱新曲,杨柳千条垂嫩金。
中国今为龙世界,宇寰已是地球村。
探星奔月寻常事,华夏腾飞举世欣。

二〇〇八年元月九日

读林东海先生《文林廿八宿师友风谊》

清风居士隐京门,翰墨诗思两有神。
遍走三千谪仙路,活勾廿八大师魂。
唐碑晋帖龙蛇字,麟角凤毛奇秀文。
南闽高才都下老,沈腰潘鬓上皇人。

二〇〇八年元月二十五日

附和诗：

依韵奉酬葛兄景春读拙著有赠

（北京）林东海

处世无奇但率真，何妨袖手看红尘。
名缰利锁知终累，诗胆酒肠证夙因。
茅牖高吟能寄兴，管城闲步欲娱神。
老来常忆诸先辈，记取风姿示后人。

戊子春节于清风馆

贺台湾大学罗联添教授八十华诞

先生高誉遍文林，隔海遥看相忆深。
两岸飞鸿传厚谊，三唐宏论振佳音。
炎黄胤裔众心契，华夏文明一脉存。
祝愿罗翁康且健，寿同彭祖万年春。

二〇〇八年元月二十六日

丁亥年外语系六八届同学返校聚会

汴京求学正华年，意气方遒志薄天。
泛海不畏千国远，登山但见九霄宽。
梦游只感一生快，履世才知百事艰。
历尽艰难坎坷路，老来不觉白头颠。

二〇〇八年七月二十日

咏杜甫草堂

浣花溪北竹林东,大雅堂前拜杜公。
昔为京华驴背客,此成锦里白头翁。
半生离乱战尘黑,一部史诗泅泪红。
茅屋风摧凄雨夜,犹忧贫士苦寒中。

注:“驴”与“绿”谐音,与下句“白”字相对。

二〇〇八年七月

奥运圣火中州行

观者如潮夹道周,喜迎圣火到中州。
黄河滚滚腾欢浪,嵩岳巍巍披彩绸。
飞焰高低随炬手,环旗左右舞街头。
炎黄儿女齐加劲,奥运场中争上游。

二〇〇八年七月二十四日

喜迎奥运在北京召开

奥运今年喜气佳,五洲豪杰会京华。
鸟巢烨烨来丹凤,圣火熊熊映彩霞。
虎斗龙争风偃草,鲸驰鱼跃水生花。
输赢视作等闲事,欣看全球为一家。

二〇〇八年八月

游宏村、西递古民居

明湖如镜映青山,黑瓦白墙临水边。
曲巷通幽高宅古,绣楼抛彩笑声喧。
邻家礼让民风朴,社会和谐乡俗贤。
留恋忘归人不去,世间始信有桃源。

二〇〇八年十月二十八日

赠台湾辅仁大学阮廷瑜教授

曾忆曩从先辈游,相随共谒谪仙楼。
穷秋大漠思常侍,雪树梨花念嘉州。
别似青莲歌泗水,醉同贺老泛兰舟。
诗翁耄耋身应健,犹可登高赋晚秋?

注:昔与阮廷瑜先生一起到安徽马鞍山参加李白研讨会,曾一起采石登太白楼、游池州秋浦河等。先生有大著《高常侍诗校注》《岑嘉州诗校注》《李白诗论》赠余,余至今宝之,常置案头。阮翁爱惜晚辈,提携后学,犹如太白之惜子美、贺监之怜太白也。

二〇〇八年十二月五日

附和诗:

二〇〇八年年尾承葛景春教授赠诗因用其韵为酬

(台北)阮廷瑜

采石屯溪忆旧游,六年未到谪仙楼。

诗词超迈思常侍,波浪沸天念嘉州。
玉镜舫寻诗里石,长江风送日边舟。
桑榆晚景共须惜,两地晴晖不是秋。

注:诗里石,指李白《秋浦歌》诗中的"江祖石"。

二〇〇九年元月四日

韩东屏兄从美越洋来访喜赋一律

故友鹏飞越大洋,长风万里海茫茫。
忽惊两鬓添霜发,依旧双眸放炯光。
身出农家不畏苦,客居异国总怀乡。
课余犹喜灌园乐,庭后新开一亩荒。

注:东屏兄乃吾河北大学研究生同学,二十年前赴美留学,现为美国华伦威尔逊大学教授。今于回国探亲之际,间道访余,因有此赠。

二〇〇九年元月五日

庆贺河南省社科院建院三十周年

建院匆经三十年,科研一步一层天。
潜心探索唯真理,锐意创新多锦篇。
誓为振华马前卒,要当兴豫智囊团。
金融风暴有何惧,高举红旗闯大关。

二〇〇九年四月四日

喜贺两岸“三通”寄台湾二兄长

一湾海峡色苍青,兄念家山我念兄。
情急欲成东去燕,心焦愿化北归鸿。
体衰总怨乡途远,年迈常忧日影匆。
莫虑天长云水隔,于今两岸已三通。

二〇〇九年八月五日

祝贺台湾第九届唐代文化国际学术研讨会召开

锦绣中华文脉长,辉煌谁不说三唐?
太宗伟业古今灿,李杜诗歌日月光。
海纳百川容乃大,德加六合国应昌。
群英齐会高堂上,待把春秋细论商。

二〇〇九年九月十八日

晚宿台湾惠荪林场休假村闻雨

青葱一路过山村,溪转峰回至惠荪。
蝶舞花间呈好色,莺啼树上有佳音。
世尘隐隐去身远,林籁声声入耳频。
雨打枇杷似清韵,轻敲诗句到黄昏。

二〇〇九年九月二十八日

乘机赴天水纪念杜甫流寓陇右 1250 周年

纵飞直上九重天,下视秦州千叠山。
鸟鼠山间唯鸟道,鱼龙川畔有渔烟。
少陵圣迹千年在,大雅歌诗万代传。
今日我来赴佳会,共吟老杜陇秦篇。

二〇〇九年十月于天水

谢香港邝健行先生赠诗集

春去秋来时序迁,晴空寥廓望南天。
长风万里送征雁,烟雨三江忆昔年。
一卷新诗皆锦绣,万言宏论尽佳篇。
但愿与公重携手,载酒醉吟秋浦船。

二〇〇九年十月十六日

谒河南郏县三苏坟二首

其一

萧萧墓柏雨烟中,山带峨眉故里风。
妙手华章惊海内,铁肩道义抗青穹。
一门父子三才杰,千卷奇文百世雄。
漫道风流无人继,中州儿女气如虹。

其二

山若峨眉雨后峰，茔松犹似故园青。
郏原有幸埋诗骨，汝水含情绕墓封。
归魄殷殷望巴蜀，忠心耿耿向神京。
英魂眷顾中原地，为盼山河玉宇清。

二〇一〇年四月八日

淇上怀古

淇园绿竹叶青青，淇水粼粼泛彩虹。
三月河滨集游女，千年夜月照桑中。
上宫邀我侬情重，淇上送君妾意浓。
谁谓卫诗淫且放，草民坦荡吐真衷。

注：淇园，在今河南省鹤壁市，旁有淇水。《诗经·卫风·淇奥》：“瞻彼淇奥，绿竹猗猗。”桑中、上宫，在今河南濮阳之南。《诗经·鄘风·桑中》：“期我乎桑中，要我乎上宫，送我乎淇之上矣。”

二〇一〇年四月十一日于鹤壁

庆贺第二届中华吟诵周在京举行

景山登上最高台，无限风光眼底来。
燕岭千峰红叶醉，故宫百殿紫霞开。

佳诗自有高人咏，彩锦还由妙手裁。
同赴中华吟诵会，金声玉振展雄怀。

二〇一一年十一月十四日

重谒杜甫故里

——纪念杜甫诞生 1300 周年

背依嵩岳面临河，子美生于邙岭阿。
幼读诗书过万卷，老游蜀楚恸千歌。
关心社稷眠常少，注目苍生忧总多。
今诵咏怀窑洞下，一篇未尽泪婆娑。

注：咏怀，指杜甫《自京赴奉先县咏怀五百字》。

二〇一二年元月六日

百年河大颂

城作围墙塔为邻，沧桑历尽又逢春。
莘莘学子盈千序，晔晔李桃开万门。
学有大师学称大，教倡民主教为民。
百年黉府功何在，薪火相传铸国魂！

二〇一二年九月一日

闻嫦娥三号登月成功喜赋一律

喜讯传来举世欣,千年梦想果成真。
嫦娥奔月弧姿美,玉兔驱车图像新。
倭蚁缘槐夸大国,神舟探宇小乾坤。
红旗绚丽五星灿,扬我中华民族魂。

二〇一三年十二月十六日

甲午年自寿

眼前日月似飞梭,七十匆匆今日过。
曾上泰山观海日,还经大浪渡江河。
一生坎坷情无悔,半世登攀志不磨。
莫道桑榆天色晚,犹吟太白大鹏歌。

二〇一四年三月

兰考泡桐树

田边路畔绿成行,兰考泡桐名远扬。
春放紫花盈瑞气,秋飘黄叶熟麻桑。
枝繁树茂能遮雨,干直茎粗堪作梁。
书记当年多遗爱,桐荫一县胜甘棠。

二〇一四年五月

雨中访邓州习营村与习氏宗祠

信步雨中访习营,晶莹草木映眸青。
清溪宛曲绕芳甸,龙岗绵长入画屏。
肃穆祠堂光列祖,辉煌勋业显英名。
莫言地僻村偏远,大路朝天通北京。

注:河南省邓州市十林镇习营村,为习仲勋同志的祖居所在地。习氏先祖习思敬为晋代荥阳太守习凿齿之后,于明初由江西临江府新淦县迁至此地。至习仲勋祖父时,因逃荒才迁至陕西省富平县。在邓州的习氏宗族为纪念先祖,在习营村建有习氏宗祠。

二〇一四年十月

游邛海湿地公园

曲桥幽径路行迷,黄苇绿莎密复稀。
碧水映山明似镜,白沙铺岸净无泥。
画船摇入芦花港,鸥鹭拂飞游客衣。
邛海风光无限美,流连忘返不思归。

注:邛海在今四川省西昌市南,湖的四周青山环绕,风光宜人。

二〇一四年十二月

登苏门山古啸台

苏门山畔起高台，魏晋高人卧草莱。
时浊英雄皆隐去，世明贤者相将来。
若无阮籍耳聪客，谁解孙登达士才？
但恨此心语难表，化为长啸惹人猜。

注：苏门山在今河南省辉县百泉湖之北岸。史传魏晋高人孙登在山间隐居。

二〇一五年八月

伊塞克湖畔观日出

四面雪山围一海，山光水影共徘徊。
空中薄雾渐消散，波上白鸥悠去来。
朝日如轮浮水出，云霞似锦任风裁。
我今摄取伊湖景，好让朋侪眼界开。

二〇一五年十月十六日
草于伊塞克湖畔

重游泰山

岱岳苍茫云海间，十年之后又重攀。
昔登盘道身矫健，今坐缆车眼界宽。

无字碑前叹汉武，玉皇顶上笑神仙。
杜云一览众山小，我说游人高在天。
二〇一六年四月十六日

南海风波

南海闹成一锅粥，都因美日暗筹谋。
菲儿诬告先生事，山姆撑腰后出头。
编个谎圈将你套，找来借口逼君投。
这番把戏早看透，诡计终当付水流。
二〇一六年七月三十日

贺中华诗词学会暨河南诗词学会成立三十周年

雄立神州三十年，中华诗苑展新天。
试看才杰显身手，欣见吟坛献锦篇。
文化但求真善美，精神渴盼正能源。
诗人挥笔情怀壮，跨马扬鞭竞向前。
二〇一七年五月五日

学杜甫“强戏为吴体”

兴来如痴复如狂,随心所欲赋华章。
但求诗中惊人句,合否平仄管他娘。
跳出七律束缚体,放开古诗自在腔。
诗成高吟君莫笑,自乐自得气慨慷。

二〇一七年六月四日

◎ 五绝

咏　菊

朔风摧百草,落叶红不扫。
唯有东篱菊,遇霜色更好。

一九六二年十一月

洞庭湖

洞庭秋色好,湖水与天长。
云外千帆至,乘风下岳阳。

一九六六年十月六日

玄武湖

北湖水接天,隐隐见钟山。
日暮蛙声起,苍茫起翠烟。

一九八五年五月十日

题黄山梦笔峰

峰如一支笔,高插白云中。
谁是谪仙手?拔来绘彩虹!

一九八五年五月十六日

游黄河小浪底水库喜赋河清颂

船行小浪底,碧水映青峰。
祈盼数千载,黄河今始清。

二〇〇一年九月二十七日

题贵池杏花村黄公酒垆

黄公旧酒垆,美誉满江湖。
老板卓家女,提壶马相如。

二〇〇一年十一月二十八日

秋浦河上乘竹排漂流四首

其一

秋溪渌且明,乘筏镜中行。

清澈见河底,青山映画屏。

其二

秋浦正逢秋,竹排江上流。

俯身戏渌水,群鲫逐人游。

其三

逻人在碧山,江祖耸溪边。

拨草见苔字,犹书天宝年。

注:逻人,石名,高数十丈,在清溪岸边的万罗山山腰上。江祖,亦石名,在清溪北岸。

其四

村姑撑竹排,篙点绿萍开。

临别含羞笑,明年君再来。

二〇〇一年十一月二十八日

席上打油四绝句

红烧雁

云外雁飞来,为人传锦字。

谁知盘上餐,竟是旧相识。

烤乳鸽

檐下向人呼,咕咕复咕咕。
为君频祝福,仍被送烤炉。

炸田鸡

雅号名田鸡,田间食虫蚁。
鸡名虽美甚,害汝上酒席。

甲鱼汤

都云尔寿长,喜喝尔之汤。
只为美名累,反将尔命丧。

二〇〇二年十二月

咏桥八首

高架桥

叠叠复重重,车流长似龙。
横街又跨路,天马欲行空。

斜拉桥

钢索如长臂,齐拉桥面平。
人人出份力,办事就能成。

拱桥

弯如初二月,拱似一张弓。
飞临碧水上,青天落彩虹。

双桥

真似形随影,又如肩并肩。
双偎寒水上,相映复相怜。

情人桥

妹住桥之北,郎居桥脚南。
桥头月下会,桥把两心连。

星光桥

一道长虹起,星桥跨海连。
驱车星汉上,看我上青天。

鹊桥

织女银河西,牛郎天汉东。
年年七夕会,喜见鹊桥通。

板桥

五里一板桥,十程一草亭。
春风三十里,乘兴到君庭。

二〇〇三年十一月十四日

题芳春兄摄影照六首

春兰

灼灼泛春光,幽幽散异香。
何劳好风送,清气自传扬。

夏荷

出水满池绿,开花并蒂红。
待承秋露满,莲子傲霜风。

秋菊

秋菊不畏寒,中秋开满园。
摘花头上戴,人好月婵娟。

冬梅

众芳休歇后,雪里傲先开。
不经风与雪,怎迎春色来。

海芋花

一花不是春,独木不成林。
千朵花齐放,万家气象新。

双枫

老树经霜后,岁寒叶更红。
双枫相倚立,共抗雨和风。

二〇〇四年十一月十九日

中华传统节日咏六首

春节 · 辞旧迎新

又是一年到，人间万象欣。
炮鞭辞旧岁，飞雪报新春。

元宵节 · 欢度灯会

十五挂春灯，满街复满城。
旱船伴龙舞，举国共欢腾。

清明节 · 祭祀英魂

清明晴乍阴，扫墓祭英魂。
冒雨碑前祭，绕坟花似云。

端阳节 · 龙舟竞渡

门插艾蒿香，腰垂五色囊。
龙舟竞渡水，观者兴如狂。

中秋节 · 思亲寄友

皎皎中秋月，清光万里明。
海山隔不断，玉兔为传情。

重阳节 · 重九赏菊

年年九月九，遍地菊花黄。
莫笑老来俏，簪花两鬓香。

二〇〇八年四月

长寿山红叶

登山复登山,渡水又渡水。
来此观山者,皆云红叶美。
二〇〇九年十月二十六日

九日登高

山高人益寿,水远韵长流。
欲与二三子,登山携杖游。
二〇〇九年十月二十六日

题华山图

华山三绝峰,高插九霄中。
明日登高去,云深莫问踪。
二〇〇九年元月

游襄阳三绝句

望鹿门山怀孟浩然

千里赴襄城,来寻夫子踪。

鹿门眺望处,遥见白云封。

汉江

汉水鸭头绿,酒能酿万钟。
欲邀孟夫子,对饮醉秋风。

访隆中诸葛庐

隆中三顾后,乘势卧龙飞。
百战英雄死,茅庐不得归。
二〇一一年十月二十二日

附和诗:

襄阳逢葛兄,葛兄有三绝句,风骨豪迈,步原韵以和

(北京)黄震云

遥望鹿门山怀孟浩然

高铁转襄阳,论诗夫子踪。
鹿门何处寻,山水白云封。

汉江水绿如碧,葛兄所爱

汉水一桥通,酒香出瓮中。
寻思浩然去,谁念醉秋风。

访隆中诸葛茅庐

隆中三顾起,百战明星飞。
天意不着蜀,庐前羽扇归。
二〇一一年十月二十三日

咏昙花

皓似雪莲白,灿如秋月亮。
花开虽一瞬,生命最奔放。

二〇一五年三月二日

◎ 七绝

学　诗

吾诗本是出吾心,过分琢雕应失真。
出水芙蓉贵本色,读诗还似见其人。

一九六二年三月

池边观鱼

莲叶滚珠亮又圆,蜻蜓点水戏荷尖。
小鱼不识蜻蜓面,围着荷尖打转圈。

一九六二年五月

雨后望嵩山玉女峰

嵩山雨后渐天晴,一道彩虹生半空。
我欲登攀虹桥上,送她玉女到仙宫。

注:嵩山上有玉女峰,上有石洞名“玉女窗”。

一九六二年七月

吹台观菊二首

其一

道旁斜逸两三枝,冒雨凌霜展倩姿。
不爱吹台娇色嫩,愿为野菊赋新诗。

注:是时古吹台上有菊展,皆是精心培育的名品。

其二

漫步梁园重九时,冷香四溢出芳姿。
李仙杜圣若仍在,呷酒应吟篱畔诗。

一九六二年十月

江南道中

一片秋光入眼明,黄金千里稻香浓。
谁人不道江南好,绿水青山似画中。

一九六六年十月二日

题西子湖三首

其一

欲为西湖描倩容,丹青横抹画难成。
山光塔影渺如梦,数点游船烟雨中。

其二

湖平如镜柳如帘,坐岸隔帘看画船。
鱼跃戏争水中月,风来荡碎一湖山。

其三

桂花八月正芬芳,柳岸风来阵阵香。
此刻心潮不平静,身于湖畔想钱塘。

一九六六年十月三日

南京咏史二绝句

其一

六朝如梦亦如烟,依旧秦淮夜泊船。
乌巷雀桥今在否?红楼遍起绿荫间。

其二

东临钟阜北临江,虎踞龙盘险莫当。
六代如何相继灭?个中道理宜思量。

一九六六年十月七日

乘江轮渡长江二首

其一

意气昂扬过大江,钟山风物色青苍。
千帆竞渡天边去,江水滔滔万里长。

其二

飒飒江风扑面吹,吴天空碧楚云微。
叩舷凝望长江水,滚滚心潮逐浪飞。

一九六六年十月七日

江轮上夜望南京长江大桥

江中渔火似流萤,夜黑唯闻舷浪声。
江上长虹欲飞起,灯光一片是金陵。

注:时南京长江大桥正在施工,即将合龙。

一九六六年十月七日夜

渡珠江

几度黄河浪里游,也曾江上泛中流。
珠江一日两飞渡,破浪乘风下广州!

一九六六年十一月十五日

南　国

槟榔椰树道边斜，遍地盛开南国花。
闻道中原正飞雪，春光早已到天涯。

一九六六年十一月十六日于广州

登居庸关长城

慕名来访古庸关，登上长城望北天。
塞上关山美如画，鸿声嘹亮过燕山。

一九六七年十月二十二日

华　山

风侵雨打更峥嵘，任尔高天霹雳轰。
万仞巍巍顶天柱，高擎银汉向东倾。

一九七一年七月

大雁塔

芙蓉苑畔曲江东，屹立秦川任雪风。
登上顶层纵目望，五洲风雨眼前生。

一九七一年七月

骊　山

密阁重楼依翠峰，层峦叠嶂雾蒙蒙。
长生殿里人何在？山畔又添捉蒋亭。
一九七一年七月

嘉峪关见驼队出关

丝绸古道响驼铃，背驮斜阳过塞城。
驼足踏醒荒漠梦，玉门关外送春风。
一九七一年七月

晚寻灵谷寺

金陵古寺早知名，约伴蹬车寻旧踪。
暮色苍茫斜照里，唯余塔顶宝瓶红。
一九八二年十月十日于南京

姑苏行

姑苏何处风光美？三十六桥波影柔。
水巷篷船轻似梦，塔光桥影两悠悠。
一九八二年十月

过沧浪亭

梦里曾经游此亭，姑苏何日与君行？
今晨沧浪门前过，人面桃花两未逢。

一九八二年十月

暮游枫桥

日暮枫桥起晚风，客舟何处枕孤灯？
不辞千里寻诗梦，戴月来听夜半钟。

一九八二年十月

雨中访杜甫故居二首

其一

故居何处在瑶湾，冒雨来寻笔架山。
雾气迷蒙天色晚，遥看洛口起云烟。

其二

笔架山前工部窑，半庭荒草久萧条。
当年此处诞诗圣，一曲凤凰凌九霄。

一九八四年五月于河南巩县

雨中渡长江东望南京大桥

冒雨乘舟过大江，急风吹浪入船舱。
回看烟水迷茫处，一道长虹横碧苍。

一九八五年五月

与松浦友久等人采石矶吊李白衣冠冢

谪仙诗魄在何方？采石矶头问大江。
想是晁卿有诗约，骑鲸东去访扶桑。

一九八五年五月

吊当涂青山李白墓

青山何处觅诗魂？谢朓池前问白云。
唯有诗仙锦绣句，朗如日月照乾坤。

一九八五年六月

黄山松

枝如铁骨干如铜，挺立黄山云雾中。
任尔八方风与雨，历经万劫更从容。

一九八五年六月

雨中游黄山二首

其一

一路看山兴味饶，山楼夜半雨潇潇。
晓来登上天都望，过眼云烟似海涛。

其二

山色空蒙似梦遥，雨中风景倍妖娆。
排云亭畔峰无数，都向茫茫雾里消。

一九八五年六月

咏黄河三首

汴城楼上远望黄河

登上高楼豁远眸，金沙碧野接高丘。
层林遮眼长堤后，应是接天黄水流。

邙山五龙峰晚眺黄河

九曲黄河云海间，夕阳无限满晴川。
请君西北凭栏望，五色彩流来自天。

陪同日本唐诗吟诵团观黄河

东瀛有客访中州，来看黄河天际流。
愿载仙槎银汉去，同寻织女与牵牛。

一九八六年五月

神仙打油四绝句

锦城乐

三个神仙街上走,路旁忽见红酥手。
有心前去买一只,可惜却无黄縢酒。

注:三个神仙,吾与培岭、易安三人前往成都参加李白研讨会,会后一起游成都与峨眉山,并乘舟顺大江而下,而作神仙之游焉。红酥手,红猪蹄之戏称。

峨眉游

联句对诗山上头,诗仙诗圣也生愁。
一联试出谁能对?长鼻洋人短鼻猴。

黄鹤飞

三仙驾鹤武昌游,暮色苍茫古渡头。
黄鹤矶前一声啸,清风明月满江楼。

仙姑归

骑鲸仙子下扬州,要作长江万里游。
相送踏歌江渚上,一声拜拜不回头。

一九八七年十月二十日

游泾县桃花潭二首

其一

千载悠悠潭水清，犹闻岸畔踏歌声。
万家酒店今何在？潭畔酒香荡晚风。

其二

载酒满船送一程，桃花十里尽歌声。
万斛酒化潭千尺，别是论交一段情。

注：桃花潭，在泾县城南青弋江边的翟村。潭在悬崖陡壁下，水深数丈。当年李白游桃花潭时，有泾县友人汪伦率乡人踏歌送行，李白口占《赠汪伦》诗以报之。

一九八九年九月

晚登岳阳楼

一上高楼望楚天，洞庭千里渺无烟。
渔帆渐远暮云尽，白鹭群飞入碧山。

一九八九年九月

洞庭湖上望君山

湖中何处是君山？遥指湘娥十二鬟。

一抹青青淡如画，楼台隐隐水云间。

一九八九年九月

君山湘妃竹

洞庭湖上荡轻舟，冒雨君山半日游。
请看斑斑竹上泪，尽为帝子相思流。

一九八九年九月

戏仿金陵五题

乌衣巷

乌巷依然多草花，秦淮细雨雀桥斜。
东京才子西京客，冒雨来寻王谢家。

注：东京句，时有开封与西安客官同游。

媚香楼

白门柳下石桥头，为慕芳名登此楼。
凭几无茶亦无酒，目餐秀色也风流。

秦淮河

红红绿绿满河坊，纸醉金迷飘腻香。
商女长襟改短袖，游人马褂换西装。

灵谷塔

登上塔楼望大荒，澄江如练没青苍。
此来不是拜仙佛，为剪云帆入画囊。

鸡鸣寺

鸡寺登临兴致高，指山点水话前朝。
栏杆拍遍游何处？五月江南暮雨潇。

一九九一年六月二日

洛阳观牡丹戏占四绝句

其一

熙熙攘攘人似云，满街尽是看花人。
行人道畔频攀问，可晓牡丹何处寻？

——此云街上不见花也。

其二

车马填喧聚洛阳，倾城如醉复如狂。
空传京洛牡丹好，人面多于花面香。

——此云人面多于花也。

其三

四月王城暖日曛，绿鬟红袖一群群。
二三轻薄少年子，隔着牡丹偷看人。

——此云看花人意不在花也。

其四

登上龙门千佛龛,俯观嚣闹世尘间。
普天皆为利名往,若个修成佛与仙?
——此云人心之浮嚣不古也。
一九九二年四月二十二日

咏兖州太白遗居

太白仙居在兖州,卧听泗水枕寒流。
石门秋树苍山远,携手高歌送杜侯。
一九九四年八月十五日

题寿桃图

——庆贺詹锳先生八十华诞

绛帐执鞭秋复春,满园桃李已成荫。
纵然摘得仙桃献,难报吾师雨露恩。

注:詹先生八十大寿,学兄刘崇德为画寿桃图,余于画上题此诗以献。

一九九六年六月二十九日于天津

海上戏吟四绝句

鲁迅墓

为拜先生千里来，墓前默悼久徘徊。
借公三尺莫邪剑，除尽人间虎与豺。

城隍庙

不拜佛来不拜仙，庙前寻觅小担摊。
鸭汤煮血阳春面，齿颊留香好几天。

南京路

灯红酒绿竞妖娆，十里洋场路一条。
手执一支烤鸡翅，边行边啃乐逍遥。

东方明珠塔

塔光荡漾映江涛，俏影近连黄浦桥。
淑女江头窈窕立，欲同塔影比苗条。

一九九七年元月十日于上海

香港纪行二首

其一

浓如烈火灿如霞，街畔紫荆千树花。
莫道港人偏爱此，花开五瓣向中华。

其二

香港回归余百日,港人犹觉滞归迟。
思归游子情何切,慈母盼儿双鬓丝。

注:余百日,1997年4月23日至香港回归的7月1日正好有100天,故云。思归游子,香港岛自1897年割让给英国,已有百年,香港爱国同胞归心似箭。

一九九七年四月二十三日于香港

三峡游六首

夜至重庆

飞车薄暮到山城,夜色苍茫雾气蒙。
不识山城真面目,满城灯火似天星。

万县太白岩下聪明不老泉

石岩汩汩出仙泉,手捧仙泉祷上天。
愿得才如太白健,貌如神女永红颜。

夜登白帝城

晚登白帝夜弥天,仰望城高星斗连。
夜伴仙人乘鹤下,江涛阵阵水云寒。

拟小三峡船夫民歌

郎是山来妹是云,云随山转不离分。

郎心愿化峡中石，任妹采来伴妹身。

峡江船上写真

风鬟雾鬓眼生神，顾盼有辉光照人。
鬓带数珠三峡雨，身披一片巫山云。

葛洲坝上望大江截流

葛洲坝上叹神工，三峡截流世界惊。
待到平湖出高峡，来年再作镜中行。

一九九七年十月二十五日

题画诗四首

题松

经风沐雨愈峥嵘，傲雪凌霜色更青。
我欲委君拂云干，入吾四尺画图中。

题竹

本是钓鳌横海材，屈君檐下石前栽。
夜来飒飒起风雨，疑化青龙飞九垓。

题梅

清香仿佛纸端来，疏影横斜傍水开。
一袭红装二八女，飘然踏雪探花来。

题白荷

出泥不染叶翩翩，花自洁来心自坚。
玉立临风秋水上，要标青白世人看。

一九九八年六月

观黄果树瀑布

天荒地老隐深山，倒挂不知凡几年。
哪个神工鬼斧手，凿开银汉泻人间？

一九九八年十月

登芙蓉楼缅怀王昌龄

一上高楼眺远山，龙标远谪路三千。
莫因迁贬牢骚甚，西过夜郎别有天。

注：龙标，在今湖南黔阳。王昌龄被贬龙标尉，故后人称他为王龙标。王昌龄从江宁（今南京）贬往龙标，有数千里之遥。

一九九八年十一月

游张家界十里画屏

一山过后一山来，山似画屏迤逦开。

却忘人间是何世，此身仿佛入蓬莱！

一九九八年十一月

越中行九首

将赴剡中欣然而作

谢公高唱剡中曲，太白曾吟天姥歌。
我欲乘风寻洞府，一窥仙子舞婆娑。

新昌天姥山

李白魂牵天姥山，梦飞千里到南天。
神仙洞府藏何处？但见群峰绕碧烟。

奉化妙高台

锦绣河山一望收，高台远眺思悠悠。
蒋家父子身安在？隔海年年魂梦勾！

绍兴越王台

塔山遥望越王台，霸气依稀绕紫霾。
尝胆卧薪为何事？韬光养晦再重来。

游山阴沈氏园

红藕满塘柳色新，游人至此最伤心。
风流九百年前事，一曲妍词唱到今。

咏天台华顶松

独羡天台华顶松，千年长在雨烟中。
傲然冷眼阅人世，任尔高天冰雪风。

山中访问

一路清溪一路花，相将携杖过青崖。
石蛙吹鼓犬迎道，来访云中贫士家。

暮行天台道中

归来不辨路东西，暮霭苍茫行径迷。
道畔寒蛩声渐起，树头时有夜莺啼。

杭州西子湖

一别西湖三十春，三潭月印旧时痕。
湖山未老人先老，红藕嘲侬白发新。

一九九九年五月

登武当山金顶

嵯峨金顶碧连天，欲到峰巅览大千。
踏上云层回首望，白云脚下尽青山。

一九九九年十月

梦中得句

梦里携君天上飞，风生两耳觉云低。
天边撕取霞一片，为尔裁成五色衣。

二〇〇一年二月二十日

游都江堰二绝句

其一

巍巍堰坝立江边，岷水分流玉垒山。
巴蜀堪称天府国，全凭一堰富千年。

其二

洪水来时高作堰，水流缓日浅淘滩。
离堆瓶口石如铁，怎敌李冰神凿坚！

注：洪水二句，二王庙内立碑记下李冰父子治水经验——“深淘滩，浅作堰”六字经和“遇弯截角，逢正抽心”八字诀等。离堆，是都江堰的主要工程，岷江水由离堆分离成两江，故称离堆。瓶口，即宝瓶口，是由李冰开凿的新水道，因形似瓶口，故称。

二〇〇一年九月二十八日

游大江舟上望天门山

乘舟逆上溯流飞,飒飒江风吹袖衣。
屹立船头放眼望,天门渐与我身齐。

二〇〇一年十月二十七日

秋浦风光

山峦叠翠郁葱葱,流水弯弯渌且明。
太白缘何留不去?风光处处与乡同。

二〇〇一年十月二十八日

奉和刘卫林先生谒太白祠

碧海骑鲸明月中,盛唐最数谪仙雄。
英风豪气传千古,采石矶头唱大风。

二〇〇一年十月二十九日

附原玉:

当涂谒太白祠并观祭

(香港)刘卫林

采石青天入望中,当涂今日祭文雄。
英灵壮气千秋在,独立苍茫忆古风。

辛巳秋日

贺何君赴绍兴领鲁迅文学奖

清风明月木兰舟，君到江南画里游。
直去蟾宫折月桂，魁星阁上占鳌头。

二〇〇一年十月

牡丹三首

其一

本出瑶台王母家，风神摇曳胜仙葩。
环肥燕瘦总难喻，自是人间第一花。

其二

西内园中傲女皇，沉香亭畔笑群芳。
一从贬出长安后，天下名花属洛阳。

其三

三月洛阳吹好风，花开最盛数王城。
遍招四海怜花客，来醉牡丹花下丛。

二〇〇二年元月八日

为文二首

其一

为文恰似呕肝胆,肝胆任人随意看。
莫道为文太辛苦,胆肝不出感人难。

其二

创作犹如蚕吐丝,满腔心血化文辞。
蚕丝吐尽春蚕老,生命织成锦绣诗。

二〇〇二年二月二十四日

游巴蜀绝句六首

重庆夜景

不见山城又几年,山城夜夜换新颜。
姑娘十八颜容变,貌媲嫦娥月下仙。

大足石刻

佛雕个个栩如生,妙手生春孰凿成?
佛祖拈花迦叶笑,只传教外不言灯。

江油李白骑牛吟诗雕像

横骑牛背自吟诗,莫道青莲出仕迟。
且待学成王霸道,他年要做帝王师。

长平山赵蕤隐居洞

洞中隐卧几多年,只读诗书不做官。
传道授徒不须众,谪仙一个敌三千。

射洪陈子昂读书台

任侠横行年少时,忽惭老大读书迟。
闭门苦读未为晚,终作盛唐开代师。

贺王慧清《李白》小说出版

太白青莲是故乡,名如日月耀绵阳。
如椽妙笔绘神采,画出诗仙百代狂。

注:李白少年生长在唐代昌明县青莲乡,故后来自称青莲居士。

二〇〇二年四月二十八日

谢杭州友人寄茶

一盏清茶龙井春,袭人香气正氤氲。
茶烟袅袅心思远,情系西湖一片云。

二〇〇二年五月

寄韩君成武

君居河北我河南,欲渡其间横大川。

安得两肩插双翼，片时飞越万重山。

二〇〇二年六月二十二日

再教育小唱十首

一九六八年十二月大学毕业后，分配到军队农场接受再教育，以脱胎换骨，炼就新人。距今已三十四年矣。回首往事，历历在目，可感可叹，写成小诗十首，以作忆念。

黑染缸

十载寒窗上学堂，谁知掉进染衣缸。
人言毒素浸肝脑，不认家中爹与娘。

再教育

教育虽成应再教，青砖成后又重烧。
何时青色成红色，方是废砖成达标。

螺丝钉

革命熔炉烈火红，千锤百炼始成钉。
根根都作螺丝状，拧到何方莫打听。

筑水坝

个个举拳狮子吼，斗完私后又批修。
无私顿觉生肝火，争下冰河截急流。

种水稻

学子莘莘学种田,耕耘锄耙艺千般。
稻秧插罢登高看,手绣地球锦一团。

打柴草

扁担五尺两头尖,手持斧头去采山。
晨戴寒星露盈袖,晚挑落日汗披肩。

打土坯

手抡木捧打泥团,汗水满头泥满衫。
碎骨粉身魄重铸,再投烈火炼红丹。

烧红砖

虽然都是一窑砖,命运青红不一般。
烧得红砖修大厦,青砖只配砌猪栏。

盖营房

瓦刀挥舞砌高墙,砌罢山墙架屋梁。
登瓦上房浑不怕,我曹岂只读书郎!

重回眸

三十年前回首望,桩桩往事叹荒唐。
事情须作两头看,苦辣人生欣备尝。

二〇〇二年九月二十八日

游韶山三首

歇虎坪

此地传闻曾歇虎，林涛犹带大王风。
今登坪顶凭栏望，云水苍茫气象雄。

韶山冲

塘水门前漾月明，清晨日出泽之东。
冲涵日月英灵气，化作人间大救星。

韶峰

浙溪霸气黯然尽，云绕韶峰紫气冲。
霹雳一声震天地，湘潭大野起人龙。

二〇〇二年十一月八日

奉和陶文鹏兄敦煌月牙泉一首

茫茫瀚海现清泉，涌出沙湖一片蓝。
天上月同水中月，再加牙月影成三。

二〇〇三年元月三日

附原玉：

敦煌月牙泉

(北京)陶文鹏

千秋不竭一灵泉，大漠回眸漾碧蓝。

此夜奇观谁画得?水天三月斗婵娟。

贺广举兄六十华诞

秋风过了又春风,阅尽人间花月明。
六十人生弹指过,老梅已是满枝红。

二○○三年元月八日

龙门卢舍那大佛

坐像巍峨背倚山,慈眉善目耳垂肩。
历经千劫佛仍在,含笑依然对逝川。

二○○三年四月十一日

因春寒牡丹未如期开放戏占一绝

三月王城看牡丹,含苞未放怯春寒。
千呼万唤犹遮面,方觉美人一见难。

二○○三年四月十一日

时　钟

咔咔秒针如剪刀，时钟响似重锤敲。
韶光线短哪堪剪，催我闻鸡舞月宵。

二〇〇三年十二月

咏云冈石窟大佛

坐观塞北几千秋，阅尽人间喜与忧。
朝市不知今几变，边城又起酒家楼。

二〇〇三年八月二十二日

雁门关

关楼雄踞两崖间，一面荒原三面山。
十万健儿昔防塞，只教胡雁过南天。

二〇〇三年八月二十三日

塞北古长城

雁门关外古长城，断续苍茫山岭中。
几度沧桑人世改，但留残垒吊西风。

二〇〇三年八月二十四日

平遥古城被评为“世界文化遗产”有感

其一

古色古香一古城,旧街旧巷旧门楹。
新颜未必总称好,旧貌也赢天下名。

其二

日新月异大潮竞,相互追攀又克隆。
不赶时髦不从众,自封故步也称雄。

二○○三年八月二十五日

游鸡公山大深沟

林茂沟深一径斜,溪边乱石点苔花。
谷中莫道寂幽甚,一路泉声送到家。

二○○三年十月十九日

戏赠有功兄

负笈汴京正少年,书生意气薄云天。
如今相看俱华发,唯有醉红似旧颜。

二○○四年春

贺汉唐诗歌国际研讨会在京召开

汉祖开怀唱大风,谪仙仗剑放歌行。
汉风唐韵流千古,四海仰名朝凤城。

二〇〇四年八月

登金山岭长城有感三首

其一

万里长城曲又弯,修修补补几千年。
争来杀去隔难断,只剩残垣夕照间。

其二

秦筑长城汉筑关,难拦胡马度燕山。
千年耗尽黎民力,今日徒然作景观。

其三

边防万里卫河山,何用长城百仞坚。
守国干城在何处?筑于千万健儿肩。

二〇〇四年八月

剑门关三首

其一

山川依旧险犹存，远望巍峨一剑门。
昔据雄关变豺虎，今开大道便行人。

其二

李白曾歌蜀道难，云生栈道雾生鞍。
今修道路平而易，半日飞车过剑关。

其三

昔日放翁过剑门，骑驴细雨觅诗魂。
我无驴坐天无雨，独立雄关啸白云。

二〇〇四年九月十三日

剑门关外过蜀汉故道

千年古柏万年松，石道崎岖路不平。
诸葛当年过此处，木牛流马度神兵。

二〇〇四年九月十三日

岭南杂咏七首

羊城街景

满城绿树满城楼,夹道荆花疑不秋。
车水马龙头顶过,路桥如网罩街头。

珠江夜景

宝气珠光不夜城,月摇江水水摇灯。
江中时有彩船过,断续笙歌随晚风。

广州淘金潮

南国花都名遍天,今成藏宝聚金山。
世间多少发财梦,都欲羊城试一圆。

鼎湖山

轩辕铸鼎在荆山,山在中州河洛间。
南国富儿浪生事,窃移宝鼎置南天。

七星岩

历落众岩似七星,风光旖旎世难名。
瑶台阁上一盆景,跌落人间作画屏。

黄埔军校

黄埔将才出万千,满怀韬略意翩翩。
只缘多被蒋公误,屡败麦城心未甘。

佛山公仔

公仔塑来栩似生,曹衣吴带可生风。
谪仙醉卧秋江上,犹举酒杯邀月明。

注:公仔,即瓷人像,海内公认以佛山石湾镇塑的为最好,其中以李白船上赏月的瓷像最为传神。

二〇〇四年十一月

云南游四绝句

昆明大观楼

百里滇池一望中,大观楼上啸长风。
长联百字惊寰宇,海内誉传孙髯翁。

云南石林

玉骨青莹石作林,天涯走遍也难寻。
神工鬼斧岂能为?元是上苍赠予人。

大理蝴蝶泉

大理年年三月三,泉边蝴蝶舞蹁跹。
阿哥阿妹来相会,洱海苍山月下看。

丽江古城

寂寂古城依雪山,家家流水绕门前。
山高地僻少污染,深巷小楼杨柳烟。

二〇〇五年四月二日

月 季

篱畔婆娑弄晚风，千娇百媚斗芳丛。
牡丹虽好难长久，怎比兹花月月红！

二〇〇五年四月八日

坎儿井

火焰山前吐鲁番，终年无雨日炎炎。
若无地下坎儿井，哪得葡萄似蜜甜？

二〇〇五年七月

交河故城

交河古戍几千年，遗壁断垣今尚残。
大漠狼烟风扫尽，西疆频唱赛江南。

二〇〇五年七月

从乌鲁木齐到伊宁途中口占一绝

一程一程又一程，车奔伊宁那边行。
此行借问缘何事，遥拜西天太白星。

二〇〇五年七月十一日

谒永州柳子祠

柳子蒙冤贬永州，秋风萧飒白云愁。
幽凄化作愚溪水，淌到祠前悲不流。
二〇〇五年九月二十三日

观永州小石潭遗迹

渌水清清石为沿，游鱼不动似空悬。
个中冷暖有谁晓，独坐潭边只自怜。
二〇〇五年九月二十三日

九嶷山舜帝陵

南巡湘野视民情，踏破青山几万重。
疑冢迷离何处是，登高寻遍九嶷峰。
二〇〇五年九月二十五日

九嶷山皇英峰

舜驾忽闻崩九嶷，皇英恸哭楚天凄。
泪抛荒野恨难尽，尽染峰前斑竹衣。
二〇〇五年九月二十五日

河南大学名师颂十二首

嵇文甫先生

少小读书过目成，一心救国意精诚。
船山之志谁能继？教我青衿尽国桢。

注：嵇文甫先生（1895—1963），河南汲县（今卫辉市）人。著名哲学家和思想史家。1949年之前为河南大学教授，1949年后又为河南大学校长，以教书育人为志。少时聪慧，据说读书一遍即能成诵。中学时即参加学生爱国运动。在北大上学时与冯友兰、陈仲凡等人同学，学习中国哲学史。著有《先秦诸子政治社会思想述要》《王船山的民族思想》等著作，是我国研究哲学思想史的先驱者和奠基人之一。

赵纪彬先生

学运之中领众伦，投身革命献青春。
皇皇一部思想史，嘉惠中华几代人。

注：赵纪彬先生（1905—1982），河南内黄人。著名的哲学家和思想史家。1949年之后在河南大学主政十多年。学生时代即参加地下工作，领导学生运动，并从事党的理论工作。著有《中国哲学史纲要》《论语新探》及《中国思想通史》（与侯外庐等人合作）等书，在海内外均有很大影响。

孙海波先生

甲骨文多上万千，字形高古辨甄难。
一自文编纂成后，四海皆称有定篇。

注：孙海波先生（1909—1972），河南潢川人。是甲骨文

大家商承祚的学生,为河南省著名的甲骨文专家,河南大学历史系教授。早在1932年就编成了《甲骨文编》一书,在甲骨文研究中占有重要的地位。

孙作云先生

水有源头树有根,诗经屈赋探求深。

闻翁学术有人继,证史于诗见解新。

注:孙作云先生(1912—1978),辽宁复县(今属瓦房店)人。河南大学历史系著名教授。对《诗经》《楚辞》及民俗学均有精湛的研究。早年在清华大学研究院师从闻一多先生,对《诗经》中古代社会和《楚辞》中神话的研究,多有新发现,其成果为史学家范文澜所赞扬。著作有《诗经与周代社会研究》《天问研究》等。

于安澜先生

韵画诗书样样精,为人朴厚又谦恭。

有容乃大人皆仰,鸿寿堪攀白石翁。

注:于安澜先生(1902—1999),河南滑县人。我国当代著名语言文字学家、诗论家、美术史论家、书画家。1924年入中州大学(今河南大学)文史系学习,得冯友兰、董作宾等名师指导,后考入燕京大学文学研究所。1945年应聘回母校河南大学执教至1999年去世。著有《汉魏六朝韵谱》《诗学辑要》《画论丛刊》《画史丛书》《画品丛书》等书。其书法兼善诸体,以小篆成就为高,于圆润舒展之中刚柔互济,具有大家风范。

李嘉言先生

当年河大领潮流，万马奔腾争上游。
整理唐诗公倡导，齐瞻马首跃神州。

注：李嘉言先生(1911—1967)，西南联大毕业，是闻一多先生的学生。当年主政河南大学中文系，主张教学与科研并重，首倡《全唐诗》的整理工作，在全国引起巨大反响。一时间，河南大学以学术研究为全国高校所推重。河南大学的《全唐诗》整理和研究，至今仍为全国所注目，这是与李嘉言先生的功劳密不可分的。

华锺彦先生

近体律诗精且工，七言长句有风情。
诗坛吟咏推盟主，举世从师唱大风。

注：华锺彦先生(1906—1988)，不但是一位著名的古典文学专家、教育家，三十年代即著有《花间词注》，执教京津，弟子遍天下，而且还是一位当代诗词大家。他的律诗严谨精工，尤擅七言长歌，所作诗词脍炙人口，广为流传。他所主编的《五四以来诗词选》是我国第一部选录当代作者的旧体诗词的选本。晚年倡导诗韵改革和古典诗词的吟咏活动，创立“华调”，甚得国人响应，对当代旧体诗词的创作和传播起着领袖群伦的作用，功莫大焉。

万曼先生

举国都知曹禺公，谁知万曼乃其兄？
十年宝剑勤磨砺，一试锋芒天下惊。

注：万曼先生(1903—1971)，原名万礼黄，与我国著名戏

剧家曹禺(原名万家宝)是亲兄弟。可曹禺为国人尽知,而万曼先生却少为人知了。他三十岁以前,以创作诗歌、小说和讲新文艺为主,后来才转向古代文学的研究。他的《唐集叙录》经过几十年的潜心研究,收录了唐代一百多位诗人的各种流传的版本,是第一部唐诗版本的研究著作,有开山之功。此书一出版,就在学术界引起轰动。万曼先生也由此名扬学界。

任访秋先生

德高望重世人钦,博古淹近似海深。
尽把金针度年少,火薪相继有传人。

注:任访秋先生(1909—2003),北京大学国学研究院毕业,在河南大学工作了半个多世纪。对中国古代和近现代文学研究都有极深的造诣,尤为近代文学研究开山之祖,曾任中国近代文学研究会会长。任先生为人忠厚慈祥,平易近人,对学生极为关爱,倾其所学,倶授予人。其弟子甚得其传,多是当今名家矣。

吴雪莉先生

跨海来华六十春,人称河大白求恩。
视吾学子如儿女,一片亲柔慈母心。

注:吴雪莉(Shelly Wood)先生(1925—　),青年时从美国随夫来华到河南大学外语系工作,至今已近六十年,为中国的教育事业贡献了她毕生的精力,培养弟子无数,桃李遍天下。她自称是加拿大白求恩的同乡,以白求恩的国际主义精神要求自己,待学生亲如子女,关怀备至,甚为学生所爱

敬。来时是一个碧眼金发的美国女郎，如今已是一个白发慈颜的老奶奶了。

赵帆声先生

新生入学讲“新生”，倒背辞书人尽惊。
“富瑞喜蛮”朝气盛，如坐兰室沐春风。

注：赵帆声先生（1927—2009），六十年代任外语系副主任，在外语系新生的开学典礼上，讲“新生”一词时背诵英语词典旁征博引，令新入校的大一学生举座皆惊，眼界顿开。先生学贯中外，博古通今，对中外文论和音韵学的研究都有很深的造诣，且擅古典诗词的创作。“富瑞喜蛮”即“新生”，英文为 freshman。fresh 有清新、朝气、有活力之意。

刘玉华先生

今世谁知刘玉华？柏林奥运一枝花。
双刀飞舞快如电，纳粹惊嗟如井蛙！

注：刘玉华先生（1916—1979），女，河南开封人。1936年随中国武术团参加第 11 届柏林奥运会。在会上表演双刀，劈砍腾挪，一片银光，全场的观众和德国纳粹军官都惊呆了。虽然其他项目中国都没有获得成绩，可是中国的武术却为国争得了荣誉。回国后刘玉华在河南大学任武术教授。曾任全国武术运动会副总评议长。

二〇〇六年五月

海南纪游七首

椰岛风光

气爽天晴环岛行,槟榔椰树绿荫浓。
粗枝大叶凌风舞,海阔天清南国情。

人妖表演

泰国男儿多嫩娇,摇身一变便成妖。
台前但见美眉笑,幕后谁知泪似鲛。

海南相思树

忽逢南国相思树,因诵王维红豆篇。
红豆缘何今不发?但留相思待来年。

天涯海角

飞尽河山万里程,海之角处看潮生。
此行终了平生愿,闲坐天涯浴海风。

亚龙湾

堪称中国夏威夷,无限风光人尽迷。
潜海欲观紫珊树,逐潮争捉浪中鱼。

海滩拾贝

海滩拾贝一枚殊,璀璨晶莹玉不如。
莫笑吾人不识宝,我珍此物赛龙珠。

赶海女

浪高风急水滔天,有女潮中捞海鲜。
借问为何冒风险,家中娘病正需钱。

二〇〇六年七月十九日

奉和华泉先生《宽沟二咏》

其一

绿水清潭垂钓竿,燕山深处做神仙。
劝君莫上山头望,西北沙原黄接天。

注:近年来黄沙东进,北京郊县边缘即与沙漠相接。

其二

空气清新风景柔,蝉鸣十里入宽沟。
贪官肥死黎民瘦,虽住宽园心也忧。

注:宽沟乃北京市前副市长王宝森所建之"行宫",后王宝森贪渎事发,在宽沟自杀。

二〇〇六年八月二十六日

附原玉:

宽沟二咏

(合肥)汤华泉

其一

宽沟林木郁葱葱,古舍新楼几百重?
跃上峰头试一望,怀柔湾里白云封。

其二

仙窟桃源天一方,蝉鸣绿暗水云长。
岂知直北关山外,原上秋风草正黄。

二〇〇六年八月二十四日

承教奉和邝健行先生二首

其一

奇峰叠见尽风光,入地翔天搜渺茫。
煮酒论诗思谁健?香江一帜正堂堂。

其二

少陵妙笔最奇纵,大雅歌诗众仰峰。
一曲高吟惊四座,纶巾羽扇任从容。

二〇〇六年八月二十三日于北京

附原玉:

赠葛景春先生并期先生赋咏

(香港)邝健行

其一

十年何处话流光,试忆山川咏渺茫。
八月京华重执手,中州豪士正堂堂。

其二

谪仙奇气任横纵,有士歌行五岳峰。

律调翻寻研子美，伫看角徵换从容。

二〇〇六年八月二十二日于京华

附赠诗：

呈葛景春教授

（香港）董就雄

又逢京兆复停骖，贱子推敲锦句贪。
西域碧原曾伴赋，赛湖夕照亦同谙。
文章惊俗浣花咏，律调挥杯邀月谈。
何日赐吟牛渚句，宽沟牖外遏云岚。

二〇〇六年八月二十四日

访天台山“铜壶滴漏”

风光天下数东南，又上天台雨后山。
飞瀑下倾酒千斛，铜壶滴漏醉神仙。

二〇〇六年十一月二十六日

访东山谢安墓

目空六朝李谪仙，独垂青眼谢东山。
山中高卧待时起，力挽狂澜救国艰。

二〇〇六年十一月二十七日

论书二绝句赠广举兄

其一

诗词书画理皆同，今古赓传一脉通。
新创还因基础硬，高楼焉得架虚空？

其二

纵论钟王与素张，守成变法各争长。
千秋一帖兰亭序，师古师心两不妨。

二〇〇七年元月十五日

桂林风光咏五绝句

登叠彩山

平生最爱走山川，今上峰头放眼看。
山色迷蒙图画里，翠烟绿雾染衣衫。

畅游漓江

浮生今得一周闲，载酒携朋上画船。
翠竹滩前点白鹭，晴江水底看青山。

九马画山

山似画屏迤逦开，一峰横断壁生苔。
游人船上争相指，九马奔腾入画来。

阳朔印象

桂林自古甲天下,阳朔风光甲桂林。
何事清幽山水地,灯橙酒绿变红尘?

印象刘三姐

夜幕幽幽暗复明,电光白紫又青红。
忽呈渔女脱衣舞,赚得游人叫好声。

二〇〇七年四月二十五日

湘西六咏

贺李白研究会在湖南召开

谪仙几度潇湘游,醉卧洞庭思绪悠。
我欲随君乘月去,湘西有友倚高楼。

沱江泛舟

山下晴江碧玉流,凤凰城外荡轻舟。
对歌苗妹频招手,不是情郎莫点头。

访沈从文故居黄永玉纪念馆

凤凰城出两奇人,永玉从文并世尊。
永玉鬼才世间少,从文彩笔妙如神。

张家界武陵源

传闻海上有仙山,醉梦乡中偶一观。
今在武陵亲眼见,人间始信有桃源。

天子山“神兵聚会”

石笋三千似剑锋,犹如天将点神兵。
群峰转眼皆不见,一阵风来云雾封。

张家界天门山

乘坐缆车如踏云,瞬间便可到天门。
天门即是登天处,可有仙人招我魂?

二〇〇七年八月二十七日

马鞍山中国李白诗歌节五咏

马鞍山中国李白诗歌节

太白先生道不孤,诗扬四海及京都。
雨山湖畔人潮涌,十万粉丝歌且呼!

采石矶

采石江潮猛又狂,当年捉月事荒唐。
分明太白投江去,为斩长鲸救万苍。

拜谒当涂李白墓

姑孰青山一抔土，诗仙高誉垂千古。
谁云过此莫题诗？我拜坟前学弄斧。

藏云山寻访李之仪墓

披荆斩棘入藏云，拂拭残碑认古坟。
暂借寺基一条石，三杯清酒酹骚魂。

登天门山怀太白

西别长安万里尘，诗仙乘兴过天门。
今登博望山头看，不见孤帆见白云。

二〇〇七年十一月十五日

附和诗：

和景春兄藏云山访姑溪居士坟

（合肥）汤华泉

姑溪夜月姑溪云，一入烟萝失故坟。
千载多情数我辈，天南地北为招魂。

二〇〇七年十一月

题程韬光先生《太白醉剑》

诗胆文心属上乘，形神刻画亦鲜明。
借君一管生花笔，画出青莲剑侠风。

二〇〇八年十一月二十日

题郭友琴先生《林间流水诗词选》

高山流水洒冰泉，天籁声声嘎玉弦。
谁是林间鼓琴客，阳春一曲和皆难。

二〇〇八年十二月三日

苏州览古八绝句

桃花坞

红藕清塘柳色新，故居仅有一碑存。
几间东倒西歪屋，曾住桃花坞里人。

山塘街

小桥水巷映河楼，七里山塘如梦幽。
为访江南佳丽地，乾隆六次下龙舟。

沧浪亭

亭名沧浪碧池清，苏子隐居传盛名。
为慕高风游此地，且撩池水浣吾缨。

留园

几叠假山水一湾，廊回路转两重天。
庭前有石玲珑透，峻似奇峰留碧烟。

寒山寺

昔年张继泊枫桥,夜半钟声流誉高。
今日寺僧新改例,给钱随意把钟敲。

虎丘

健步凌风登虎丘,巍巍宝塔镇吴州。
三千神物埋池底,剑气夜深冲斗牛。

灵岩寺

月落西山天色明,夫差日夜宴歌笙。
馆娃宫里人皆醉,唯有西施心独醒。

太湖

功成范蠡解朝衣,兔死弓藏自远飞。
偕载西施五湖去,扁舟抱得美人归。

二〇〇九年七月二十日

咏麦积山含笑小沙弥

麦积山腰万佛岩,洞中何像最堪怜?
世尊讲到妙言处,含笑沙弥已悟禅。

二〇〇九年十月十五日

谒同谷凤凰山畔少陵祠

徐步登台谒杜公，昔年愁思意纵横。
但求凰雏现祥瑞，尽祝苍生享太平。

二〇〇九年十月十六日

咏长寿山中万蟾山与天鹅峰

万蟾欲下渡深沟，争与天鹅结侣俦。
莫笑此虫愚妄甚，小蛙也有大追求。

注：巩义长寿山中有万蟾山，与天鹅峰相对。山上石皆下倾，似万蟾争渡山下水沟，欲奔天鹅峰而去，故戏作此诗。

二〇〇九年十月二十六日

题列子御风像

前因谩道竟无凭，人类如今行太空。
列子当年御风走，凌云而去数头功。

二〇一〇年四月三日

于郑州莆田列子墓

李商隐墓

休问陵寝假与真，义山今已建三坟。
生前潦倒无人问，身后坟头争抢频。

注：今河南博爱县、沁阳市及荥阳市皆新建有李商隐墓，皆说己地为真。

二〇一〇年四月三日

咏刘禹锡

屡遭贬谪不颓唐，硬汉诗人数刘郎。
二十三年放还后，回京仍发少年狂。

二〇一〇年四月三日

祝贺河南诗词学会六代会在荥阳召开

桃红柳绿踏春行，荥泽之阳唱大风。
群彦重逢歌盛事，二王城下结诗盟。

二〇一〇年四月十三日

吟李杜诗

李杜诗篇兴味真，一回咏罢一回新。
长歌吟到动情处，浩浩天风卷水云。

二〇一一年二月二日

游泉城济南

城中七十二名泉，渠水清幽走画船。
秋色满湖柳影碧，游人都说到江南。

二〇一一年九月二十七日

谒济南李易安祠与辛幼安祠

辛作雄如趵突翻，李才婉似玉泉潺。
济南名士谁为首？千古词人数二安。

二〇一一年九月二十七日

庆贺河南省老年诗词研究会成立二十周年

泼彩挥毫青复丹，绘成诗坛艳阳天。
天公应喜韶光好，还我青春二十年。

二〇一一年十一月

襄阳诗书双绝赞

清诗夺尽鹿门色，逸笔荡摇江浪狂。
汉上风流谁最甚？孟襄阳与米襄阳！

二〇一一年十一月二十二日

附和诗：

酬景春兄二作

（台北）唐翼明

谒米公祠

论书最爱米襄阳，痛快淋漓驾二王。
至今追摹点画处，无尽风流令我狂。

望鹿门山

鹿门远望白云深，遥想诗人费沉吟。
不用非关明主弃，高名正是天玉成。

二〇一一年十一月二十三日

附赠诗：

赴襄阳预孟浩然会三宿而近，归途车中仍读孟集

（北京）钱志熙

风日襄阳只薄游，归途仍忆孟家楼。
一编且就车窗读，过尽江山万里秋。

二〇一一年十一月三十一日

题安州白兆山太白隐居

楚山汉水郁葱葱，此地藏仙又卧龙。

西望隆中卧诸葛,碧岑太白隐仙踪。

二〇一一年十一月二十七日

游老君山

老子昔年隐此中,我今山上觅仙踪。
清风忽觉生衣袖,我欲升天舞碧空。

二〇一二年四月十三日于老君山

贺薛天纬兄七十华诞

昔云七十古来稀,百岁于今不出奇。
兄寿古稀年尚少,仍堪挂帅领征旗。

二〇一二年八月

参观丘逢甲纪念馆

百万台胞同一哭,占吾宝岛焚吾庐。
誓为抗日阵前死,宁死不当亡国奴。

注:甲午战争后,清政府被迫割让台湾给日本。丘逢甲拒不接受,联合一批爱国志士与日军展开抗战,并写诗云:"春愁难遣强看山,往事惊心泪欲潸。四百万人同一哭,去年

今日割台湾。”诗作表现出一个爱国诗人的英雄本色。台湾逢甲大学是为纪念丘逢甲而建,校内有丘逢甲纪念馆,展览其抗日事迹。

二〇一二年九月作于台湾逢甲大学

日月潭

波光潋滟环青山,万紫千红湖一湾。
明艳风光谁与似?堪同西子斗婵娟。

注:西子者,杭州西湖也。

二〇一二年十月作于台湾

访台南郑成功遗迹

驱除夷虏树华旌,收复台湾绝世功。
一片金瓯归禹域,英名华夏贯长空。

注:在台南有安平古堡、赤嵌楼、延平郡王府等纪念民族英雄收复台湾的史迹。

二〇一二年十月作于台湾

阿里山观日出

古木森森遍山冲,沾衣欲湿雾岚风。

难忘最是日初现，万道金光射海东。

注：阿里山的桧树原始森林，是台湾最大的氧吧。阿里山的日出，是台湾最壮丽的景观之一。

二〇一二年十一月作于台湾

女王头像

休言海浪太轻柔，莫道清风拂面流。
任尔石礁如铁硬，风刀终断女王头。

注：台湾北海岸之野柳，海滩上的礁石形状千奇百怪，或如烛台，或如青蛙，其中一个礁石形如女王头，皆海浪与海风之杰作。但"女王头"颈细难支，恐终为海风所断也。

二〇一二年十一月作于台湾

台湾世相竹枝词十五首

大陆新娘

跨海离乡来鹿港，每逢陆客心花放。
欣谈去岁探亲回，喜见家园大变样。

注：在鹿港旅游时，见一个八年前嫁到台湾的黑龙江姑娘，随夫到鹿港开了一个小卖店，每见大陆客人都感到十分亲切。问之，云去年才回家探亲，发现家乡发展变化太大，都快认不出来了。

街头问路

街头问路一警官，态度热情不一般。
临别频频夸大陆，腾飞一步一层天。

注：在高雄旅游时，向一个警察问路，见我等是大陆游客，态度十分友善，给予热情指点。他说他也经常到大陆参观，感到大陆的经济建设发展太快了，几乎是一年一个样。

钓鱼岛

倭氏西门心太贪，跨洋过海霸金莲。
大郎欲止力难任，兄弟武松挥铁拳。

注：钓鱼岛在台湾叫钓鱼台。在台讲学时，谈及日本侵占我钓鱼岛事，学生无不愤慨。一博士生打比喻说，钓鱼岛好比是潘金莲，台湾就是武大郎，日本就是西门庆，而大陆就是武松。西门庆要霸占潘金莲，武大郎胆小力弱，害怕西门庆，可是他的亲兄弟武松不怕，坚决不答应。

逢甲夜市

台中夜市任君行，吃罢西南吃北东。
借问君怜何处好，最佳美味是风情。

注：台湾的夜市很多，以台中的逢甲夜市最为著名。其实逢甲夜市的小吃和其他地方的夜市没有什么不同，只是人多热闹而已。

打工学生

祖辈山中皆务农，为挣学费来打工。

昨晚端盘至夜半,白天上课梦中听。

注:台湾的大学大多数是私立,学费较高。家庭经济条件不好的学生只好晚上到小吃店或商店做零工,以挣些学费。他们往往到凌晨二时才收工,白天上课时常打瞌睡。吾见此亦不甚责怪,只有喟然叹息而已。

大陆交流生

堂上读书最用功,怕因落后被人轻。

校园处处现身影,课外繁忙做义工。

注:在台湾各大学中,有不少从大陆各高校选派来的为期一年的交流生。他们努力学习,参加义工活动,各方面干得都很优秀,屡获好评,令人欣慰。

校内学生摆摊

校园树下摆摊摊,文具布娃和手环。

为问卖钱作何用,助捐学友过难关。

注:在台湾的一些大学中,常见学生在课余时间摆个小摊卖自己的文具、玩具和佩饰等。问她们为什么要把这些东西卖掉,她们说,是为了向一些贫困的学友献爱心。听后为之动容。

大学生书画展

学生多艺又专精,琴画诗书样样通。

有女学优复多艺,画成孔雀栩如生。

注:台湾的大学提倡学生一专多能,全面发展,学校举办各种业余讲习班和文艺社团活动,以全面提高学生的人文素质。

街头所见

赤日街头流火飞,老人中暑汗浸衣。
行人虽说不相识,争相搀扶去就医。

注:台湾人风气淳厚,助人为乐。路上行人,识与不识,凡见有人遇到困难,争相帮助,已成传统。未见有讹诈现象。

公交车

排队登车不逾矩,扶残敬老已成习。
车中只见多空位,原是提前已避席。

注:台湾青年在敬老扶残方面做得比较到位,在车上不但主动给老弱孕残让位,有时看到有老弱上车便提前离座,避席以待。

台湾庙宇

佛仙妈祖与城隍,庙宇重重遍市乡。
逢庙拜神诚且恐,狗儿得道也称王。

注:台湾给人印象较深的是庙宇多,所信奉的神灵也多。最令人不可思议的是,在台北市的石门乡有一座十八王公庙,供奉的第十八王公竟是一条狗。传说在清朝时,曾有十七位福州富绅相偕乘船到普陀山进香,不幸遭海难而丧生,尸体漂流至石门沿岸,仅一只随行的忠犬存活,但仍以身殉主。当地居民感其义行,遂将忠犬与十七人合葬一冢,并建庙奉祀,名为“十八王公”。此后即不断传出十八王公显灵的故事,从而名声大盛。

妈祖出游

神像出游万众欢,彩车大鼓响连天。
为开两岸三通路,妈祖频频现圣颜。

注:在台湾民间祭祀妈祖是一件大事,尤其以鹿港妈祖庙为甚。各乡都有彩车载着妈祖神像出游,前有男女巫师做跳大神表演。传说妈祖是海上护航女神,两岸每年都要举行祭祀仪式。

摩托车队

头戴圆盔尾冒烟,当仁不让急争先。
一群呼啸穿街去,快似流星飞过天。

注:摩托车成群结队从街上呼啸而过,是台湾的一道风景,给大陆的游客印象很深。骑摩托的人多是工人、农民和学生,他们买不起汽车。又因台湾街窄而多山地,摩托车适应性强,故摩托车是其主要交通工具。

日本料理

光复台湾七十年,日餐小店迹依然。
章鱼丸子生鱼片,榻榻米桌跪进餐。

注:台湾被日本占领五十年,有很深的殖民痕迹。如今台湾已光复近七十年,还到处有日治时代的遗迹,如九份的黄金矿井、车埕的伐木场、三义的铁路断桥等,都是日本掠夺台湾资源的罪证。至于日本料理已成为台湾餐业的一大特色,还在普遍经营。

花博会

花博台湾大有名，展过台北展台中。
隆冬腊月花争盛，十里花香紫复红。

注：台湾一年四季花开，冬天也是花开好时节，最宜开花博会。2010年11月在台北开了花博会后，2012年冬又在台中新社开花博会。一片花海，万紫千红，灿烂夺目，非常壮观。

二〇一三年元月作于台湾

读刘崇德兄诗集

华章处处比兴深，诗有真情句有神。
自古人生忧患始，艰辛岁月玉成君。

二〇一三年九月

卢沟桥残面石狮

桥栏狮子妙如神，百态千姿貌不群。
一柱狮头残半面，犹存倭寇炮轰痕。

二〇一四年六月

赴天水参加杜甫研讨会感赋七绝句

天水四川两杜甫研究会联合办会有感

陇蜀山川自古通，当年诗圣若飘萍。
少陵何处多诗兴？天水成都白帝城。

由秦州赴同谷途中

一路欢声过陇山，风光处处赛江南。
车中吟唱何方圣？不是诗仙便歌仙。

谒少陵祠

同谷山川佳气开，少陵祠对凤凰台。
杜公宏愿今多现，国泰民安盛世来。

麦积山

形如麦垛势巍峨，万凿千锤洞窟多。
置屋悬崖技超妙，观音菩萨体婀娜。

南郭寺

南山古寺北流泉，昔日清渠一邑传。
诗圣精神似泉水，润滋天水一千年。

伏羲庙

伏羲女娲辟草莱，人文初肇地天开。
先人奠下千秋业，后辈传扬创未来。

李广墓

李广将军出陇西，匈奴吓得胆魂摧。
生前未有封侯运，身后英名万世辉。

二〇一四年十月二十日

西昌行五首

故园月

明月当空照四方，皆云最亮是家乡。
诗人心里故园月，总在他乡明似霜。

思乡月

一轮皓月照中天，人在征途仰首看。
游子思亲无限意，都凭明月寄乡关。

西昌月

月出西昌万国明，清光一片洒山城。
迢迢来访射天处，要看嫦娥奔月行。

与天纬兄参观西昌航天基地

车行百转到深山，来看嫦娥飞上天。
射塔巍巍山谷里，影高千尺绕云烟。

邛海夕照

邛海岸边看夕阳，白鸥片片点波光。
剪来霞缕与丝霓，好织天裳云锦章。

二〇一四年十二月十八日

观碧沙岗筱园书法创作有感

或法颜柳或二王，齐呈丰采现辉光。
春兰秋菊一时秀，万紫千红各擅场。

二〇一五年元月二十三日

癸未年清明祭拜诗圣

清明时节物华新，笔架山前万木春。
大雅弦歌今不坠，欣看子美有传人。

二〇一五年三月三十日于杜甫纪念馆

欣读河南大学王文金校长《愧书庐吟草》

先生诗韵似清风，读后齿牙甘露生。
吾愿老师康且健，吟坛不老一青松。

二〇一五年五月三十日

赠书家王刘纯先生

兼擅米颠和二王,为人低调不张扬。
几多书苑斫轮手,堪与先生较短长?

二〇一五年六月三十日

观第三届中华吟诵周展演活动有感三首

其一

唐宋诗词意味深,吴音楚语调清新。
中原音韵声情壮,唱出神州盛世音。

其二

南腔北调两悠扬,音韵刚柔各擅场。
倡导诵吟普通话,百花齐放共辉煌。

其三

吟诵如今时尚新,摇头晃脑学斯文。
小儿喜向爹娘报,效得谢安拥鼻吟。

二〇一五年七月十三日于北京

赴吉尔吉斯斯坦参加“李白与丝绸之路”国际学术研讨会九绝句

赴吉国行

为朝太白祖居行，万里来寻碎叶城。
中吉交情古来久，汉唐丝路贯西东。

注：吉尔吉斯斯坦是西域古代的乌孙国；汉唐以来，与中国交好。

飞越天山

一万米高云海阔，八千里路好山河。
大鹏展翼雪峰过，高唱关山飞度歌。

丝路情

飘然万里过天山，雪满山头云满天。
不畏辛劳不畏远，但为丝路结情缘。

鸟瞰大漠湖泊

一泓碧水色青青，下视明莹似水晶。
疑是苍天一滴泪，落于大漠碛沙中。

比什凯克风光

银机降落比城东，城市深藏林木中。
吉国首都风景好，深秋郁郁又葱葱。

注：比城，指吉尔吉斯斯坦首都比什凯克。

碎叶川(楚河)

一道边河碎叶川,芳邻吉哈近毗连。
丝绸之路沿河过,情系川旁两岸山。

注:吉、哈,指吉尔吉斯斯坦与哈萨克斯坦。

吉国白桦树

玉树临风倍有神,睁开大眼望行人。
喜看东土上邦客,万里迢迢访友邻。

注:吉尔吉斯斯坦多白桦树,树皮光润洁白,上有斑结,酷似人的眼睛。

热海北岸石头滩岩画

不知风雨几多年,山石湖边点锈斑。
想是牧童孤寂甚,羊儿遍画石头滩。

注:伊塞克湖(热海)北岸有巨石滩,其石头上多画有古代岩画,且多是山羊,是吉国著名的古迹。

题吉尔吉斯斯坦画坊胡马图

吉国古来神骏多,风生蹄下走长坡。
嘶风蹑电千山过,李白为吟天马歌。

注:乌孙国(吉尔吉斯斯坦)盛产骏马。汉代称其骏马为天马,后得月氏汗血马,于是将月氏马称为天马,改称乌孙天马为西极马。李白诗中有《天马歌》,似念其西域故家之情。

二〇一五年十月十九日草于比什凯克

赴碎叶古城址考察三绝句

其一

一路车行碎叶西，黄杨夹道向天齐。
古城遗址迹犹在，一片荒丘鸟尽飞。

其二

城池遍地草秋黄，远处天山闪雪光。
搜遍古城皆不见，诗仙祖寓在何方？

其三

一处遗存似住房，址前献酒表衷肠。
鸣枪三响齐呼唤，太白魂兮归祖乡！

注：按照中国的习俗，向太白先人之魂奠酒三杯；又按中亚的习俗，当日余与天纬兄及建林兄各向天鸣一枪，大家齐呼"诗仙太白，列祖列宗，魂兮归来！"表示对李白及其寓居碎叶的祖先的思念和敬意。

二〇一五年十月十五日
草于吉尔吉斯斯坦碎叶古城

附：

读葛景春教授西行诗六首（选三）

（郑州）张伦

一

溯源碎叶剩荒凉，酒肆胡姬看大唐。
海晏河清更何事，教坊无日不歌扬。

二

羡君丝路不虚行，揭幕鸣枪证大荣。
中外风光行摄美，诗囊满载笑回程。

三

丝路重开搭戏台，鸿儒沾溉向西来。
早知今日公差去，白祖先茔宜远猜。

黄帝陵

千里来朝黄帝陵，桥原秋色夕阳明。
慎终追远虔诚拜，霞蔚陵山一片红。
二〇一五年十月十九日于黄帝陵

延安情

灯火荧荧夜未阑，几回梦里到延安。
车前频向山头望，宝塔蒙蒙隔雨烟。
二〇一五年十月十九日赴延安车上

南泥湾

南泥湾里艳阳天，万顷田园接远山。

昔日军民齐奋战，烂泥湾变米粮川。

注：南泥湾原名烂泥湾，后经毛主席改名为南泥湾。

二〇一五年十月十九日于南泥湾

壶口观瀑二首

其一

横冲直撞出山窝，一路狂奔一路歌。
壶口险关终一跃，千军万马战黄河！

其二

飞流直下天河落，千水万流聚一壑。
欲挽狂澜于一壶，尽消天下黎民渴。

二〇一五年十月十九日于壶口

◎ 词

菩萨蛮·李花

一枝粉李逸墙出,宛似佳人衣缟素。蜂蝶不前来,含苞尚未开。　　东风化雨到,浓李花开笑。欲采怯高墙,归来心自伤。

一九六二年三月

鹧鸪天·贺河南省诗词学会成立二十周年

嵩岳巍巍耸碧空,黄河滚滚水流东。轩辕故里山川壮,唐韵汉风气象雄。　　歌盛世,献丰功,中州儿女气如虹。和谐社会人争颂,协力齐心建大同。

二〇〇七年四月二十九日

浣溪沙·庆贺郑州市老年诗词学会换届选举

才子中州多似云,杜韩元白代生新。风骚遥领一千春。　　河水前涛牵后浪,吟坛先辈让新昆。谁云诗圣继无人?

二〇〇八年五月

附和词：

浣溪沙·学会换届答景春兄

（郑州）李刚太

水有源头树有根，郑风商颂记犹真。唐音宋韵代有因。　　燕子难寻王谢巷，月华曾照古今人。传承开启总因循。

二〇〇八年五月

鹧鸪天·赞神七宇航员太空漫步

几次神舟访太清，神舟今又上征程。以前窗内观天象，此要离船去摘星。　　舱盖启，系缆绳。出舱只觉一身轻。飘然漫步太空上，恰似飞仙御气行。

二〇〇八年九月二十八日

踏莎行·赠词坛方家杨嘉仁先生

词拟秦欧，韵追黄九，少年才气冲牛斗。春花秋月惹相思，出言便欲超周柳。　　暗度韶光，苍颜华首，老当益壮情依旧。忽闻夜半唱黄鸡，起身舞剑精神抖。

二〇〇八年十一月十六日

鹧鸪天·贺李白国际学术研讨会在苏州召开

昔日诗仙吴越行，苏台说尽古今情。千年走马沧桑变，喜看姑苏新艳容。　　论太白，探行踪。太湖浩渺西山青。群贤齐上灵岩顶，旧苑争寻西子宫。

二〇〇九年六月十七日

一剪梅·访章丘李清照故居

气爽风清日色柔，宝马香车，来访章丘。人灵地杰古齐州。池上泉流，笔下风流。　　清照园中芦荻秋，水秀山清，湖碧窗幽。易安才调与谁俦？韵胜苏欧，才过秦周。

二〇一一年九月二十七日

如梦令·咏菊二首

其一

生在幽人岩户，频得渊明高顾。傲自晚秋开，怕甚严霜冷露。霜露，霜露，不畏高寒独处。

其二

无借东风呵护，不与春花争妒。自甘守清寒，向与松梅为伍。莫负，莫负，君子高标自树。

二〇一一年十月二十九日

鹧鸪天·戏赠王立群兄

玉树临风上讲坛，妙评史记扣心弦。莲花朵朵口中吐，赢得粉丝过万千。　　途坎坷，事多艰，人生行路古来难。犹欣花甲转鸿运，尚可为霞红遍天。

二〇一二年九月一日

西江月·兰考今昔

遍地野芦荒草，接天盐碱沙丘。老焦扶杖到田头，治碱压沙奔走。　　绿影排排夹道，黄云片片连畴。今年又是大丰收，书记坟前献酒。

二〇一四年五月十日

渔家傲·登邓州花洲书院春风阁怀范仲淹

阁上秋风兼细雨，望中一片清葱气。池畔楼台连苑起。心欣喜，花洲书院风光丽。　　犹忆范公官此地，子京嘱写名楼记。忧乐二言明大义。斯人去，精神留待后生继。

二〇一四年十月

一剪梅·仙客来坊采风

初夏曾为雅主邀,柳岸风摇,河畔船飘。穿堤沿路过小桥,芦苇青萧,玫瑰红娇。　　仙客坊中人似潮,宾友兴高,游侣情烧。骚客观风意气豪,心逐波涛,诗上云霄。

二〇一五年初夏

六州歌头·勿忘国耻,圆梦中华

遥思甲午,惨象令人惊。东溟水,英雄泪,血流红。映长空。被赔银割地,金瓯缺,千家罄,东瀛寇,贪狼性,欲难平。兵入辽关,又占东三省,蹄铁纵横。破南京之日,屠卅万生灵,江水悲鸣,鬼神惊。　　念丧家恨,亡邦耻,同仇忾,厉兵行。红旗指,群心奋,请长缨,缚苍龙。看我今华夏,改天地,换新容。长城伟,金汤固,任狂风。我有倚天长剑,看谁敢,来碰青锋?大哉中国梦,愿四海同舟,共济双赢。

二〇一五年五月

沁园春·赞太行山八路军抗战英雄业绩

汾水黄河,千里并流,卫佑朔方。有吕梁千仞,如顶天柱;太行万丈,民族脊梁。地杰人灵,山河险固,古塞长城好战场。看身手,数当年八路,抗日儿郎。

倭兵恶似豺狼,欠血债当应用血偿。看平型大捷,惊丧敌胆,百团大战,威震遐荒。扒路除碉,掏心挖肺,游击敌区寇悚惶。时虽逝,忆英雄业绩,万代辉煌。

二〇一五年六月

如梦令二首

古丝绸路

茶叶丝绸骆橐,明月天山大漠。落日照长河,古道苍茫天末。辽阔,辽阔,丝路远通千国。

一带一路

日载万箱班列,中国亚欧高铁。四海舞千帆,航运纵横穿越。无隔,无隔,天下双赢同悦。

二〇一七年五月

附录一：诗评

诗怀太白风，坦荡对人生

——读葛景春诗集《梦诗斋吟草》

韩成武

景春兄是当代李杜研究的著名学者,科研之余未废诗歌吟咏,但逢宾朋雅集,临水登山,或目览古迹,耳接新闻,每凭长歌短制,倾吐情怀。久之,竟有千首之富,为学界同人所传诵焉。河南刘晋田先生撷其英华,编成《梦诗斋吟草》一集(内蒙古人民出版社,2005 年 12 月出版),亦诗坛之盛事也。此前,笔者曾读过景春诗作多首,余香在齿;今日快读诗集,便觉得有话要说。

我以为,景春诗歌之妙处,主要在于诗中表现了他的鲜明个性,成功地塑造了独特的抒情形象。诗主性情。诗人者,性情中人也。回顾两千年中国诗坛,成其大名者,如屈原、陶潜、李白、杜甫、杜牧、李商隐等,无一不是以鲜明的抒情个性为先决条件。因此,诗中性情的有无、鲜明与否,一直是衡量诗歌优劣的第一要义。景春就是一位性格鲜明的诗人。本着“知人论世”的解诗之教,有必要说说我眼中心里的景春兄。我与景春兄交游多年,对其为人、性格有所了解。景春兄于淳朴、真诚之外,乐观、旷达最为突出。他胸襟开阔,似乎不曾有过什么忧伤或烦恼,在朋辈面前总是乐呵呵地绽露笑容，经常用开心的话慰藉友人的愁闷，甚至打趣、逗乐。在这方面，我得益于他者颇多，对他的感知也就更深一些。他喜欢漫游山水，在高山大川之间长啸高歌，把欢声笑语洒落在山巅水滨。人的性格既有遗传的因素又有后天的习染，景春先辈的性格我不得而知，至于后天的习染，我以为他受李白的影响很深。景春受业于詹锳先生门下，多年来从事李白研究，成果卓著，他对李白的诗歌文本能够掩卷成诵，故能在诗歌中大量化用李白诗歌意境或诗句，他说"欲学太白名山走""手携一支紫玉杖，暂作逍遥两日游"(《天柱山行》)。他的学太白，不只是游历名山，太白旷达、乐观的性格对他的影响是明显的。从他的言谈举止、笑貌音容，我总能依稀看到李白的影子。而且，他也能够像李白那样用一支真诚、率直的笔，把自己的生活感受、乐观性格毫无掩饰地书写出来。

且看他的诗篇。

《梦诗斋吟草》收录许多快意山水之作，作者以敞亮的歌喉纵情歌唱雄伟壮丽的山河，塑造出一个以笑脸怡情面对高山大川的艺术形象。如《登西岳华山歌》中所写："久思结伴游太华，夜半登山路径斜。夜色朦胧山似睡，流水淙淙声不哗。一路笑语一路歌，宿鸟纷纷惊出窝。陶公一曲敖包调，引逗月出东山坡。月色如昼照山谷，游人欢呼如鼎沸。此呼彼应乐何极，要登东峰观日出。"此等笔墨写夜登华山之情状，不徒使人感到游人脚下生风，亦能感到诗人笔端翻云、胸中涌浪。及至拂晓日出，登临绝顶，放眼山河，作者欢声唱道："华岳三峰数莲花，削出青天一柱斜。""西峰山顶天风吹，长安不见见云飞。黄河一线天际来，清渭如丝过山隈。"襟间的天风、身边的长云与眼底丝线般的黄河、渭水，将华山高险之势和盘托出，也把作者的高朗愉悦心情刻画殆尽。

他写泰山，则凸显其威严：“滨河临海连天高，独于五岳尊高标。一从老杜望岳句，遂使岱宗领风骚。”“碧霞宫顶铁瓦红，天门石阶似天梯。日观峰前眺东海，茫茫一线与天齐。”（《泰山歌》）写黄山，则凸显其奇特：“石奇松奇云水奇，奇峰奇瀑连星河。”“奇松怪状皆飘逸，悬崖之上争斗奇。”“山形千姿又百态，似叟似童似仙怪。不看不知造化巧，惊我目瞪又口呆。”（《黄山歌》）作者大睁着一双好奇的眼睛，极尽目力，搜奇追冥，又以精湛的文字传达山河之神韵，“我欲蓝天作诗笺，笔蘸白云写诗篇”，并非夸饰之辞。他说“江山有待诗人传”（《泰山歌》），此语颇为警竦，自古以来，中华之高山大川正是赖有文学艺术家的神来之笔而扬其神韵的。盛唐诗人兼画家郑虔擅长粉绘山水，他死后，杜甫作《存殁口号》道“天下何曾有山水”——天下并非没有山水，只因死了郑虔，无人扬其神韵，故虽有而实无矣。景春悟得此理，说明他写这些山水诗是有意为山水取神传韵的。他既为山水取神传韵，也为太白诗风接声递响。

庄周曾说：“人上寿百岁，中寿八十，下寿六十，除病瘐死丧忧患，其中开口而笑者，一月之中不过四五日而已矣。”（《庄子·盗跖》）人生多难，故唐代诗人杜牧写诗言道：“尘世难逢开口笑，菊花须插满头归。”（《九日齐山登高》）仔细读来，景春诗歌也有乘时尽乐、笑对人生的心思。他善于发现人生中的趣事，以风趣的笔墨勾画那些美好的瞬间，为其进行艺术定格，遂留下永恒的印记。他与师兄刘崇德夫妇同游五台山，刘夫人是佛教信徒,跪拜虔诚,景春将此情景摄入诗中:"刘家阿嫂随哥行,逢佛必拜心最诚。口中念念阿弥陀,愿佛佑哥事业成。"(《五台山行》)这一精彩的瞬间描绘,让人感到夫妇的至情、生活的美好,为多难的人生涂上一道绚丽的虹影。其他凡所交游唱和,景春皆不忘书写其中乐事。读到这些诗作,你会得到一些轻松、快慰,有似于艰难旅途中树荫下的小憩,当头烈日下饮上一捧清泉。

《峨眉山行》诗中,有一段写遭遇猴子的趣事,令人忍俊不禁:"翠竹丛中头攒动,跳出一群孙大圣。大圣挠耳又抓腮,三五成群坐石阶。诸君若想过此路,掏包请拿买路财。解囊分发买路财,一群去了一群来。朝四暮三难奏效,扯包翻囊把衣拽。丢盔卸甲狼狈逃,如是猴儿也不饶。可怜眼镜被摘去,遥挂悬崖松树梢。"作者以诙谐风趣的笔墨,描绘了一场人猴之争,而以游人退让告止,读来令人捧腹开怀。作者笔触细腻,精选几个生动的细节,写出猴儿的无赖和游人的无奈。很明显,作者对这场嬉戏是充满趣味感的,在他看来,枯燥的生活中有此一幕,亦足以让人暂开笑颜。

景春对于诗歌的各种体式都是擅长驾驭的。比较来看,歌行体诗最能表现他那乐观、旷达的性格(这方面也与李白的诗歌体式好尚相同)。《梦诗斋吟草》选入的大量歌行,皆笔墨恣纵,情感淋漓,喜笑歌吟,随心所欲,有摆脱拘束之美,无刻意雕琢之憾。语言不计工拙,总以达情适性为的,故诗中有警语,有达语,有忧语,有妙语,也有口语、俗语。警语如"西望隆中郁葱葱,昔年此处起卧龙。先主不做茅庐顾,至今恐是一条虫"(《登襄阳城楼歌》)、"昔出阳关无故人,今出阳关大道宽"、"羌笛莫再怨杨柳,如今春风过天山”(《敦煌行》)等,皆一翻旧套,立意生新。达语如“泰山顶上一览小,凭高四顾心浩渺。世上坎壈多少路,回眸平似长安道”(《泰山歌》),道出了履艰经危之后,小坎小坷之不足道的人生感悟。忧语如“生态平衡须保护,惜哉此理人少悟”(《塞上草原行》)、“圣贤精神今在否?梁园今貌可胜前?”(《梁园歌》),从自然环境到人文精神都深怀有一种忧患意识,发人深省。妙语如“五台归来两袖风,身心清凉似含冰”(《五台山行》)、“高山流水弹一曲,至今蛙鸣带琴声”(《峨眉山行》)等,能以微妙之语传深隐之情。俗语如“我道不看岳尚可,不看黄山算白活”(《黄山歌》)、“伊犁美酒手抓饭,生烤全羊味道鲜”(《新疆行》)等,皆脱口而出,不假雕饰,而彼时彼地之情赖以表达,雕刻反成败笔。

景春的律诗,自然流畅,首尾照应,对仗稳健,亦时有好句。五律如“江随帆影尽,烟绕碧峦生”(《登九华山》)、“路转青峰出,云飞古寺开”(《登青城山》)、“窗前双鹭过,江上数帆轻”(《过襄汉路》)等句,写景如画,皆清丽可观。七律则有七古的俊迈之气,多有豪语、壮语,令人称快,如“莺啼笼内终非所,鹤唳云中始是家”(《春日郊游》)、“离地瞬行三万里,巡天笑指一环球”(《喜看神舟五号发射成功》)、“醒吐狂言星堕地,醉怀诗胆志冲天”(《谪仙咏二首》其二)、“打从瀚海归来后,不觉吟诗语更狂”(《游新疆感怀》)等,意气豪放,挥洒自如;亦有怨语、忧语,如“大才自古难为用,志士从来多挫磨”(《谒汨罗屈子祠》)、“商楼已蔽云中月,漏屋仍残天上星”(《读〈茅屋为秋风所破歌〉有感》)等,或怀古慨今,或触目生思,皆发人深省;景语如“郊外沙黄汴水白,城中湖碧柳烟苍”(《登开封古城墙》)、

“一片青原春色暖，千株凤尾雨声寒”（《春谒李贺故里》）、“河洛家山形影旧，轩辕故里物华新”（《世界客属第十八届恳亲大会在郑召开喜赋一律》）等，皆景切意惬，有较深的意境；情语如“匆归团聚日光短，久别重逢夜话长”（《陪台湾胞兄芳春还乡》）、“一湾浅峡水难断，两岸亲情血易融”（《从香港乘机赴台北探亲》）等，则道出了两岸亲人血浓于水，谁也砍不断的血缘亲情。有尊师语，如“十年树木春风暖，百岁育人甘露滋”（《母校八十周年缅怀诸恩师》），有励友语，如“心游万卷及三教，神越千年遍百家”（《送詹福瑞兄赴国家图书馆上任》），都怀有对恩师的深切怀念和对朋友的祝盼之情。

景春的绝句亦很出色，常能在短小的篇幅里容纳深迥的内容。他的绝句，比较活泼自由，不拘一格，一从情趣出发，任情挥洒。如“一联试出谁能对？长鼻洋人短鼻猴”（《峨眉游》）、“相送踏歌江渚上，一声拜拜不回头”（《仙姑归》）等，以俚语趣语入诗，风趣幽默；又如“商女长襟改短袖，游人马褂换西装”（《秦淮河》）、“世间多少发财梦，都欲羊城试一圆”（《广州淘金潮》），对当前俗世庸风给予冷嘲热讽。他的绝句，时有巧思，于平常的题材中另立新意，使人耳目一新。如李白骑鲸入海的故事，家喻户晓，而景春却能别开新意：“谪仙诗魄在何方？采石矶头问大江。想是晁卿有诗约，骑鲸东去访扶桑。”（《与松浦友久等人采石矶吊李白衣冠冢》）诗作将李白骑鲸入海的故事与日本友人晁卿的友谊巧妙地联系在一起，新奇而有意味。如《时钟》一诗：“咔咔秒针如剪刀，时钟响似重锤敲。韶光线短哪堪剪，催我闻鸡舞月宵。”时不我待，已是常见的主题，然而这首诗却以精巧的艺术构思，把一个平常的主题表达得异常深刻。古人所谓“诗家语”应主要是指此。

作为一位学者诗人,景春却不像宋人那样卖弄书本子,他的诗中固然对古代诗歌的章法、句法、字法多有借鉴,有许多诗句是化用古人的;但是,他在注重抒写性情方面仍然属于唐人一路。“若无性情,何必作诗?”(《梦诗斋吟草》自序)他用诗作实践了自己的主张。他的近体诗作遵循格律要求,在声律、对仗上一从古制,在用韵上则适当放宽,以适应当今语音的实际。我以为这是在以“变”求“不变”,是值得肯定和倡导的。

(原载《中州诗词》2007 年第 2 期)

(韩成武,河北大学人文学院教授,博士生导师,中国杜甫研究会副会长,河北省诗词学会副会长,保定市诗词学会会长)

一部好的诗集

——读《梦诗斋吟草》后的感受

波斯猫

中国几千年的文化,诗是脉络。但是在欲望飞扬的今天,诗歌却几乎被彻底边缘化了,没有多少人再愿意静下心来接受诗歌的心灵沐浴,更别说讲究平仄押韵的旧体诗歌。一个偶然的机会,有幸读到了葛景春先生的新作《梦诗斋吟草》,阳光、暖气、香茗和这本诗集成为这个冬日下午最好的享受。

《梦诗斋吟草》收录了作者从 20 世纪 60 年代至今创作的三百多首诗歌,分为五古、七古、五律、七律、五绝、七绝。诗集中不仅有对生活深厚温情的感悟,还有对名岳大川的苍茫悲慨,更可贵的是作者处处用温热的胸怀关切入世。在《塞上草原行》中作者写道:"庚辰仲夏,会于青城。会余与众会友同游乌盟大草原,乘兴驰马原上,意颇踌躇。但见草稀羊瘦,又不胜唏嘘。闻道放牧过剩,生态颇失平衡,有感而作此诗。"作者的诗思和审美理想始终和贴近生活、拥抱时代、关注民生相连,自然中昭示生命的存在,质朴中关怀天地苍生。

有人说诗歌是心灵的事业,先生在得知青年女作家何向阳为写"走马黄河"丛书之《自巴颜喀拉》一书,亲自沿黄河从青海至山东等八省区,行程万里进行实地考察,写下了《黄河女儿走马行》一诗。诗中写道:"走马归来意气遒,风尘满鬓花满首。抖落衣上尘与沙,化作珠玑与星斗。黄河女儿爱黄河,河水永在心上流。祝君来年重走马,再作黄河万里游。"诗作仿佛把读者带到了《木兰辞》中当年木兰从军途中风餐露宿的境况。

2004年8月,喜闻中国女排奥运夺冠以后,作者挥笔写下了“奥运频传捷报声,女排今又夺魁英。先输不馁兵家事,终胜无骄大将风。猛杀狠抽如霹雳,严防密守胜长城。国歌一曲冲天起,亿万炎黄热泪倾”,以抒发心中的喜悦之情。

在“自序”中先生还谈到了旧体诗的生态问题,旧体诗最重要的问题是现代词语的入诗问题,现代词语不能入诗就不能很好地表达感情,缺乏时代感;如果现代词语泛滥,就会影响旧体诗词的效果和韵味,弄不好就成了标语和口号,令人不能卒读。旧体诗和新诗对于不同的题材各有擅场,无法互相取代;旧体诗对于现代语词的运用和吸收要有所熔裁,将其化为诗的语言才能入诗。2003年10月,世界客属第十八届恳亲大会在郑州召开,先生在兴奋之余,用朴素的语言记录下了这一历史事件:“浪迹天涯不忘根,中州齐聚客家人。三千游子思归泪,百万乡亲迎客心。河洛家山形影旧,轩辕故里物华新。客舟虽总飘江海,永系痴情黄水滨。”巧妙而自然地运用了现代词语表现了海外游子的赤子情怀,又不失旧体诗歌的韵味和风格。

好的诗歌是在“民间”的,一个诗人如果试图以诗歌谋生,必然会赋予诗歌过多的功利性期待,对诗歌精神是一种伤害;让诗歌写作始终停留在“乐趣”的状态,更契合诗歌固有的自由和创造精神。先生长期从事李白、杜甫研究,把旧体诗的写作完全当成了自己的兴趣,在科研业余闲暇或者旅途中消遣自娱,希望能够以此诗集与广大的诗词爱好者交流,以书会友。先生写道:少年时曾做过诗人的梦,但始终也未能成为一个诗人,因此将此集命为《梦诗斋吟草》,“少年彩笔学雕龙,仰慕思追李杜行。堪笑诗人终一梦,化为庄蝶舞秋风”。

白居易曾论:“诗者,根情,苗言,华声,实义。”没有心灵和语言天赋的作者是诗歌的敌人,诗歌是审美性的,可以创造出动人的心灵景象。真挚的感情是诗歌的生命,正如葛先生诗中所述:“吾诗本是出吾心,过分琢雕应失真。出水芙蓉贵本色,读诗还似见其人。”

浮躁的消费时代,能有这样一份情怀和雅兴,真令人敬仰与羡慕。

(转载自“波斯猫”新浪博客)

附录二：师友承教录

中华诗词学会名誉会长、中国杜甫研究会原会长霍松林先生赐函

景春兄：

尊作《泰山歌》畅达有气势,自是首选。

霍松林

2000 年 11 月 14 日

安徽师范大学教授余恕诚先生赐函

景春兄尊鉴：

来函奉到,兄诗吟诵再三,那一段游览的感受完全被召回了,而且升华了。兄真是作手,近体、古体均好。尤其是七古,酣畅淋漓,极有太白风神。可惜弟无此才分,难以相和。只能反复诵读,享受那一份诗美。

恕诚

2000 年 11 月 15 日

中国杜甫研究会副会长、漳州师范学院院长林继中教授赐函

景春兄：

《梦诗斋吟草》拜诵,能于学问、创作中左穿右穴,今日能得如兄者几人？真才子也。谨贺！

林继中拜

丙戌岁末

浙江唐诗之路研究会会长竺岳兵先生赐函

葛先生好！

先生来信昨才看到。先生的诗写得真好（按：指《登天姥山歌》等），是剡中文化又一次积淀，我将先发在唐诗之路网上。敬请多多联系、指教。

竺岳兵

2006 年 12 月 1 日

南京大学教授、研究生院院长周勋初先生赐函

景春先生：

您好！

大作《梦诗斋吟草》收到，甚谢。目下知、能兼擅者不多，如兄等亦难能矣。耑此奉上，顺颂

新春大吉

周勋初

2007 年 1 月 16 日

中国社会科学院文学所研究员、《文学遗产》主编陶文鹏先生赐函

景春诗兄：

祝贺兄出版了《梦诗斋吟草》，圆了一个美好的梦。

兄之诗，兼擅各体，都有佳作，尤其是能作五古、七古长篇，有气魄、能收放自如。弟就不敢作五古、七古，因为气魄、才情、功力均不逮。

弟已读兄的自序，所论深合弟意，确实是有心得之论。佩

服!感谢兄和了弟的一首七绝习作,让弟也沾点光。

弟所作,远比兄少,艺术质量亦不及,加之又随作随丢,所可保存寥寥无几。我的博士也想为我出个集子,我说:数量质量俱差得远,过几年再凑凑看。

兄有新的研究论文,盼赐稿。匆此顺颂

诗兴如泉!

文鹏

2007 年 1 月 12 日

浙江大学教授胡可先博士赐函

景春先生:

您好!

惠寄大著《梦诗斋吟草》收到,至为感谢。有些篇章,尤其是参加学术会议或游览考察时之作,涵咏数过,颇有身临其境之感,真性情之文也。其《咏菊》一首,即置于晋唐名家集中,亦毫不逊色。景仰之余,亦题绝句一首,寄示以请教先生。

题《梦诗斋吟草》

清水芙蓉太白风,龙骧虎步少陵雄。

梦诗斋里题诗处,直指灵心见斧工。

胡可先

2007 年 1 月 20 日

安徽省社会科学院研究员、文学所所长陈友冰先生赐函

景春兄:

大作收到,拜读后佩服之至。特别是《再教育十首》中《再教育》《螺丝钉》二首，很有感触。只是性情驽钝，无法附骥赓和，甚念。

友冰

2007年1月20日

四川大学教授周啸天先生赐函

景春兄：

今日来信收到。大著及近作天姥纪游诗并图片数帧，亦已达览，谢谢。兄与天纬兄等追踪太白梦境，诗以纪之，吟览之间有如亲历，足见雅兴。大著自序论诗词写作，多通达之见，余甚然之。关于诗词用韵，应当从宽，至于放宽的尺度，来日可樽酒细论也。回寄近期为校庆所书李白绝句二首翻拍件，不成敬意。顺颂

春节快乐，阖府安康！

周啸天上

2007年2月6日

中国社会科学院文学所研究员陈祖美先生赐函

景春君：

承蒙惠寄大作。敬收，多谢。

好一本《梦诗斋吟草》，诗书画相得益彰，令人赏心悦目。依次拜读，首卷三序，均不愧为“行家里手”，经验之谈，读后受益匪浅。

书中佳作连篇，琳琅满目。学者加诗人，造诣如阁下者，洵为罕见，可喜可贺！

如此厚赠,再次深表谢忱!

祝春节愉快,吉祥如意!

陈祖美上

2007 年 2 月 8 日

首都师范大学教授吴相洲先生赐函

景春先生:

《梦诗斋吟草》早已如期收到,多日来时常拿出来欣赏,从中可以看到先生学问和生活的真实记录,可以体味到先生的心路历程。诗中时常现出李杜忧国忧民之情志和笔法。我在读研时导师王叔磐先生每每督促作诗,读博士时导师陈贻焮也特别看重自己的诗词写作。无奈我一直缺少作诗的灵性,也一直抽不出时间来试验,所以至今不敢提笔。今读先生诗集,自然十分羡慕,也十分惭愧。写上这几句话,聊表祝贺之意吧。

相洲奉

2007 年 1 月 21 日

武汉大学教授、文学院院长王兆鹏先生赐函

葛景春先生:

大著拜读,大气淋漓,佩服不已。

王兆鹏

2007 年元旦

苏州大学教授、文学院院长罗时进先生赐函

景春大兄：

开学后收到您赐赠的大著——旧体诗创作集，早已知您的旧体诗写得好，读此著方知，真有太白、少陵之遗韵，深为钦佩！

弟时进

2007 年 3 月 7 日

郑州大学文学院宋恪震教授赐诗

景春教授《梦诗斋吟草》读后

卓荦俊才名景春，学人喜复是诗人。
发扬李杜心专注，吟咏风骚笔至勤。
抒写恒遵情与性，论评必觅善和真。
一身两顾已难得，二美并臻尤罕伦。

2007 年 3 月 9 日

著名作家、《红楼续补》作者张之先生赐函

景春先生大鉴：

久闻盛名，初夏始得一会。承赠大著《梦诗斋吟草》，只为目疾复作，入秋始得读毕。今值双节期间，金风送爽，闲窗铺笺，远候起居，并作笔谈。

阁下著有多种研究李白之专著，又任中国李白研究会的副会长，足见对太白诗研究之深广，发而为诗，具有太白风韵，自在意中。杜诗，有规矩可循，学之较易，学之者亦多。太白之诗，要在天赋与气质，后人学之较难，学之者也较少。大作学李者多而神似，逸荡之气，得来非易也。大作也颇学杜。余

最喜读《戏仿同谷七歌》,逼近杜作。七律《贺安陆李白纪念馆落成》《读义山诗》《读〈茅屋为秋风所破歌〉有感》《恒山悬空寺》等,皆其佳例。“肠至柔时多缱绻,事牵隐处自朦胧”“商楼已蔽云中月,漏屋仍残天上星”“墨磨嵩岳千寻挫,笔涮黄河万里流”“路转青峰出,云飞古寺开”“江随帆影尽,烟绕碧峦生”“满掬思亲泪,深怀去国忧”,令人咀嚼难忘。《恒山悬空寺》诗,首句,山高;次句,景绝;三、四句承景绝;五、六句承山高;七、八句总收全诗——果然结构谨严,非深于杜者,不能。又如《读义山诗》,前四句说情,后四句抉隐,四句分截,尤为杜诗常格。佳句所在多有,精警之处,不绝于篇。康序举《秦淮河》为例,指为寄兴时代之作,我有同感,此为诗人社会责任心之表现。

“自序”中说现代词语入诗一节,极有见地,不同凡响,是作过认真剖析与实践者方能写出,难得难得。不知当代诗人,有留意此事者否?只记得清末黄遵宪曾用现代词语入诗,不知后来进展如何。我因所事颇杂,诗,早已不作,对诗之研究亦未继续。自叹无力研究此事,甚望阁下垂底于成,嘉惠众人也。前赠拙集《慰芹庐文存》中有几篇关于诗之文字,阁下是真正方家,祈不吝赐教才是。

即此顺颂

笔健

张之

丁亥中秋后三日

安徽大学教授汤华泉先生赐函

景春兄：

多年追随，兄之为人为学、诗才文思感佩久矣，兹草小诗两首以答，不工之处乞正之。

观景春兄行吟

灵思妙悟笔生花，是处山川点彩霞。

杖起龙飞三万里，当今第一大玩家！

吟《梦诗斋吟草》

果然学界一诗翁，短韵长吟皆化工。

乞得琼浆八百斛，梦诗斋里醉春风。

汤华泉

2007年11月3日

扬州职业大学教授蔡文锦先生赐函

葛景春诗家台鉴：

所赐珠玑，讽咏再三，诚诗词中杰构逸品，诗家之诗兼学人之诗也。比起那些自我标榜者，真霄壤之别。弟不擅此道，亦无集奉上，愧矣。

弟文锦上

2007年11月12日

中华诗词学会副会长、南京师范大学教授钟振振先生赐函

景春兄：

弟赴美讲学，日前刚回来，寄上迟到的祝福。兄诗词均佳。望赐稿，以供发表。

钟振振

2007年12月30日

北京师范大学教授、文学院副院长康震先生赐函

葛老师:

您好！照片并好诗均收到,真叹为观止！

晚生登黄山,胡乱拍照以为趣。今观景春前辈妙绝好诗,始知诗人登黄山,原以云海为酒,怪石为案,奇松为笔,飞瀑为墨,遂成天地好言语,快哉快哉！

康震上

2008 年 11 月 3 日

中国唐代文学学会副会长，武汉大学教授、文学院院长尚永亮先生赐函

景春兄:

接大函及吟玉数篇,不胜感佩！其中游黄山一首尤其好,足见仁兄大才。匆忙之间,奉和一首,寄兄哂正:

唐代会后得景春先生大作依韵奉答

方塘几亩树环山,墟里牛羊满岸边。
旧雨曾游思往日,梦中几度见炊烟。
宏村古道君为客,西递高情我少缘。
盛会曲终人在远,秋声万里忆年年。

永亮再拜

2008 年 11 月 3 日

鲁东大学教授陈冠明先生赐函

景春兄:

您好！今晚刚刚从孟州回家。发下的照片收到,谢谢！

大作气势勃发,太白再世。“黄山之美有千面,今年未见待明年。雾雪晴雨四时美,四美并现古来难。”深含哲理,有如初唐卢骆。钦佩!钦佩!

如有李白研究会议,望掷下一柬。谨颂

撰安!

冠明拜上

2008 年 11 月 4 日

北京大学教授钱志熙先生赐函

景春先生:

大作拜读,先生诗才敏捷,可佩!黄岳归后,虽逸兴在怀,而诸事冗杂,未有吟咏。待有小作,再呈哂正。

再与先生会晤,衔杯乐圣,谈道论文,良多快事。盼今后仍常有机会拜面。

钱志熙上

2008 年 11 月 4 日

安徽师范大学文学院院长胡传志教授赐函

葛先生:

您好!久闻您的大名,这次唐代会有幸得见,还有一艳照留作纪念,真是机缘巧合。大作拜读,尤其是《雾中登黄山》一诗,笔力劲足。我们将刊于中国诗学网上。非常感谢惠赐大作和照片。祝

健康长寿!

胡传志拜上

2008 年 11 月 5 日

中国唐代文学学会副会长、苏州大学文学院院长罗时进教授赐函

景春大兄如晤:

我正好在网上,收到您刚刚发来的照片。百步云梯一张,很好,难得,谢谢!大兄诗才高妙,三首诗一首比一首好。第三首歌行简直让弟钦佩无已,始益信能写歌行古诗者,才可称为大才子!再谢!有两张照片,兄处有否?还有一张风景照,发上留念。

时进上

2008 年 11 月 5 日

台湾大学文学院教授萧丽华赐函

葛老师:

很高兴能收到您的来信!谢谢惠寄诗作,雅吟黄山奇趣,颇能引人入胜。看来老师一日游比我们两日游黄山赏玩到的趣味更多。我们第一天攀登前山尚未起雾,午后登始信峰,大雾四起,远近山景与烟岚相映,景色如一幅墨色山水画,饶富奇趣。第二天却因阴雨,看不到任何远山奇石,只有云雾与苍松而已。但是,黄山不拘阴晴,终究各有趣味。寄上几帧照片如附件,可以证明黄山如仙境般令人流连忘怀。

罗先生已年逾八旬,这些年不愿再去大陆受旅途奔劳之苦,您若能拨空来台,他一定非常欢喜。再度感谢来信,期待能再相会!谨颂

秋安!

萧丽华敬上

2008 年 11 月 4 日

台湾大学文学院院长何寄彭教授赐函

景春先生：

照片收到，谢谢。捧读大作，意境清渺之外，犹能想见诗人风怀，甚为感动。

会议期间，议程紧张，未能与先生交谈请益，怅甚。日后有空，请多联络，随时赐教。

何寄澎

2008年11月4日

中国唐代文学学会副会长、上海大学文学院教授董乃斌先生赐函

景春兄：

来信及大作、照片均收悉拜读。大作令我重温聚会及游览情景，并见老兄胸襟笔力，极为感佩。也令我期待着下次的重见，期待着再能欣赏您的雄浑歌喉！便中请代问永宽兄好。

即颂

时绥

董乃斌上

2008年11月5日

西北大学教授李芳民先生赐函

葛老师好！

惠寄照片及大作诗词三首收到，感谢之至。大作三首，拜读之后，叹赏良久，把玩未已。从三首作诗时间看，会议间隙，您可谓是创作不辍，佳作联翩，诗兴遄飞。只可惜我才思滞涩，

不善吟咏,不能投桃报李,以助雅兴。您研究李白多年,故诗作亦似受李白浸染,既能平淡自然,妥帖优游,亦能意兴奔涌,纵放不受拘牵。三首俱称佳作,而私意以为歌行《雾中游黄山》,尤见纵横才情。信口雌黄,肆意点窜老师大作,罪过,罪过!祈望恕罪!望以后能得到您更多的佳作。

李芳民顿首

2008年11月5日

中国唐代文学学会副会长、华南师范大学教授戴伟华先生赐函

葛先生:

承前辈厚爱和栽培,非常感谢!

读罢大作,敬佩不已。先生之作,远雕琢、近性情,有太白遗风。写出登黄山的真实状态,尤其不易。诗以宽慰结,显出先生为人厚道,待物大度,和先生相知,贵在真诚。而先生之真诚亦可感天地泣鬼神矣!祝你健康!

戴伟华敬上

2008年11月5日

中国人民大学文学院陆平先生赐函

葛老师:

您好!

您古朴的游古民居诗和大有太白气势的黄山诗让人仿佛又回到西递宏村和雾中黄山!

谢谢您!并将会议期间拍到的您的照片发送给您。祝您身体健康！万事如意！

陆平

2008年11月5日

中国唐代文学学会副会长、广西师范大学教授张明非先生赐函

景春兄：

两年一次的会议,令人期待的与其说是学术交流,不如说是老朋友相聚。拜读大作,深得吾心。尤其是那首长歌颇有李白之风,以后出诗集,别忘了赐寄一册。

张明非

2008年11月5日

首都师范大学教授吴相洲先生赐函

景春先生：

诗词三首及照片均已收到。三作均佳,尤以四句转韵之长诗给人印象深刻,不仅写出了黄山的种种美景,也写出了人的种种心情,既可为单篇,又可作为整体,明白通畅而又耐人寻味。我当宝而藏之,作为回味黄山之行之用。

相洲奉于首都师范大学文学院

2008年11月7日

浙江大学教授胡可先先生赐函

葛景春先生：

您好！芜湖会议,得以与先生重逢,幸何如之,日前又收到

先生惠寄大作数首,诵读之颇觉气势雄伟,气象万千,真与黄山共美。我拟欲相和,然数日未置一词,盖因本次会议,我仅在芜湖而未游黄山、宏村等处,故无所感发。谨录八月在内蒙古词学会议所作诗词三首,以还报先生,并敬请教正。

即颂

撰安

可先敬上

2008 年 11 月 24 日

河南大学外语学院博士生导师王宝童教授赐函

景春:

你好!

2009 年元旦过后,忽得到你寄来的《梦诗斋吟草》,一阵惊喜。我爱古典诗,但对 20 世纪人写的古体诗却没有什么好印象,觉得它们多做作而少新意。但是你的诗给我的感觉却不然。你用古体形式反映今人生活,驾轻就熟地把现代汉语化入诗中,使人感到非常自然,完全没有隔膜。甚至连"拜拜""克隆"都能入诗,使读者感到愉快。谁说古体诗有局限?谁说古体诗不能提倡?在真正的诗人面前,古体诗完全可以写成精品,你就是这样的诗人。我注意到,你从十六岁还在中学时就开始写诗了,后来的诗艺日臻成熟。你也不受形式所限,像李白那样,七言、九言、十一言、六言(三三)、四言(二二)随意卷舒,得心应手,这才是一位诗人的风度。你在序言中对英诗也有评论,而读你的诗,觉得它们不但涵盖深而广,也使人想到外国的名作。你的"不老泉"诗,就使我想到了 Alexander Pope 的

名篇 *An Essay on Crticism* 中的 Pierian Spring。西人说押韵难，一韵到底更难，所以他们崇尚变化。而你的《夜读太白诗走笔作歌》却能做到四十六句一韵到底，而《太白故里行》五十四句共用六韵，十换其韵。你的诗植根于传统文化的沃土，又常以奇思妙想给人惊喜，几乎篇篇有佳句，有的篇什简直一看即能成诵，令人爱不释手。这本书是诗的盛宴。这些诗的作者，来自开封，来自河南大学外语学院，他就是我的校友(学生)，我因他而自豪，这就是我的感受！

白玉有瑕，“每到年年”“今有皇英峰”似有重复，供你参考。

衷心祝贺你这本为中华传统诗扬眉吐气，为中国新诗开未来的杰出诗集！愿你在新的一年有更多佳作问世。祝新年愉快！并问蔡树春好！

宝童

2009 年 1 月 12 日晚 10 时于开封

四川著名诗人、李白研究专家刘友竹先生赐诗

题中州葛景春老友《梦诗斋吟草》

吾爱葛夫子，风神健且清。
才情钦敏捷，著述见精深。
仙圣千秋业，纵横万里行。
诗筒应频寄，彩笔正芳馨。

丁亥孟春刘友竹敬题

北京大学中文系教授钱志熙先生赐函

景春先生:

襄阳会又得拜见,且欣谈笑!感谢先生的摄影!高咏拜诵,情高声亮,甚佩!归途只得一绝,寄上索哂!

赴襄阳预孟浩然会三宿而近,归途车中仍读孟集

风日襄阳只薄游,归途仍忆孟家楼。
一编且就车窗读,过尽江山万里秋。

钱志熙

2011 年 10 月 31 日

安阳市诗词学会会长朱现魁先生赐诗

赠葛景春教授

一睹先生面,盛唐天际来。
飘然谪仙韵,富矣少陵才。
夺冠怀双凤,蜚声动九垓。
诗斋吟啸处,梦笔酿鸿裁。

注:双凤,指李白、杜甫。先生在“太白杯”“诗圣杯”诗词大赛中先后夺冠,庶可慰李杜诗魂于千秋矣。

朱现魁

2016 年 5 月 8 日

河南老年诗词研究会副会长、河南财经政法大学教授王宗堂先生贺诗

读景春吟长《梦诗斋吟草》有怀

少陵顿挫太白狂,参适歌行最在行。

各体唐音君觅处，梦诗斋里任徜徉。

王宗堂

2016 年 9 月

河南诗词学会副会长、郑州诗词学会常务副会长、郑州市地志办总编李刚太先生贺诗

贺景春兄诗集出版

同学多年系不同，年庚未计互称兄。
文章君满图书府，诗赋人惊郑汴城。
余事吟篇能载道，清歌晚唱更抒情。
花开翰苑春风好，最喜葛花耀眼明。

2016 年 10 月

附录三:《梦诗斋吟草》原序

《梦诗斋吟草》林从龙序

这些年来,参加了不少学术研讨会(如杜甫、李商隐、元好问学术研讨会等),也参加了不少诗会,接触到不少知名学者和诗人。在学习了不少知识的同时,也发现了一种不正常的现象,那就是有些学者看不起诗人,认为他们空疏无学,不懂学术研究,只会哼几句应景诗,而有些诗人则反唇相讥,认为有些学者只会讲诗人或诗歌的社会背景和一些诗学知识,一接触到诗词创作,则生硬牵强,连平仄都难合。这种以己之长责人之短的偏颇影响了诗词研究和创作。如果互相取长补短,搞诗词研究的学者学点写诗技能写点诗,搞诗词创作的诗人搞点学术研究,则诗词的繁荣有望,定有另一番景观。

河南省社会科学院文学所研究员葛景春先生,集研究与创作于一身,既对李白、杜甫等大家的研究颇有造诣,暇时也经常付诸吟咏。这本《梦诗斋吟草》就是很好的见证。集中所作古体、近体齐备,而且笔锋触及各个方面,抒情、叙事、说理兼而有之。他写的论文很富有诗意,写的诗又常具性情与理趣,将研究与创作相辅相成,因而相得益彰,可谓是学者之诗。我认为这是搞研究与创作的一条正确之路。如果都能像葛景春先生这样,既搞学术研究又搞诗词创作,我深信,不久的将来,在中国的诗坛上一定会出现研究与创作并重,研究诗词的学者与诗人互相尊重、相互学习、携手并进的大好局面,开创出诗词界美好的春天!

癸未年春月

《梦诗斋吟草》康群序

有汴京葛君景春者,先后毕业于河南大学外语系本科、河北大学中文系研究生班,现任河南省社会科学院文学所研究员、河北大学博士生导师,学贯中西,诗研李、杜,卓有所成。闲中吟诗寄兴,作有《梦诗斋吟草》一卷,味之者无极,闻之者动容。虽京华挂桂"诗神""诗星",而先生大隐金门,不以为然。其"人不知而不愠",恂恂然有儒者之风,诚可谓君子之德、君子之诗也。

诗赖江山助,自古皆然。诗人游视反听,授篇援笔,则笼千里于诗内,挫万物于笔端。夫若其足迹之所至,西赴流沙,北览草原,南游粤港,东越台海,每行必有诗,有诗必有惊人之句。

古今诗论如百草滋荣,多矣!余独爱白居易所论:"诗者,根情,苗言,华声,实义。"情言声义,皆发乎心。景春诗云:"吾诗本是出吾心,过分琢雕应失真。出水芙蓉贵本色,读诗还似见其人。"此诗实则在论"诗学即心学"。"心即是诗","诗即是心",不失为景春诗论一发现也。

先生精研李、杜。李、杜在中国诗歌史上代表浪漫与写实之两大派。景春日夕以李、杜为师,久必受其所染。白居易评说"诗之豪者,世称李、杜。李之作,才矣奇矣,人不逮矣!……杜诗最多,可传者千余首。至于贯穿古今,覼缕格律,尽工尽善,又过于李焉!"证之景春之诗,早年诗学太白,多有豪迈之句,晚近倾心少陵,多行"晚节渐于诗律细""转益多师是汝师"

之诗道。诗中对国内李、杜之遗迹,山川名胜,颇多涉察。智者乐水,云云雨雨向何处?仁者乐山,曲曲弯弯作画图。笔架山下,荒草蔓兮凄凉意,青莲乡里,蜀竹舞兮欣喜情。此亦先生耽爱李、杜之深也。

《文心雕龙》云:“人禀七情,应物斯感,感物吟志,莫非自然。”白居易云:“文章合为时而著,歌诗合为事而作。”刘勰提出诗歌是人的情感对客观现实之反应,白居易认为诗歌应该紧扣时代精神。诗歌应是诗人自己的心灵感受,不能陈陈相因,抄袭模仿。诗歌应具有时代精神,才有活力、魅力与灵气。景春寄兴时代的诗,皆是吐纳英华、思接千载的兴寄之作。如《秦淮河》:“红红绿绿满河坊,纸醉金迷飘腻香。商女长襟改短袖,游人马褂换西装。”其寄兴讽谕之意在言外矣。

旧体诗词的现代化是诗词当今的出路、生路、活路。反之是死路和绝路。即使一百年、一千年后,还会有人写诗填词,但必须与时俱进。能与时俱进的好作品才能流传下来,而食古不化者则会被后人遗弃。旧体诗词若能像健康的流行歌曲一样,能够引起轰动就好了。应该知道,至今流传的著名古典诗词,就是当时能唱的流行歌曲啊!

景春诗集编成,行将剞劂,托晋田兄嘱余为之序,吾头蒙蒙,正处脑栓塞病的治疗之中,胡说一通,勉之以为序,以弁卷端、书末,或弃之于纸篓,权不在我也!

乙酉年孟夏于郑州

《梦诗斋吟草》自序

我自幼喜爱古典诗词,从初中时就模仿《唐诗三百首》中的诗学着写诗;也不懂什么格律,只管乱写。《唐诗三百首》中说:“熟读唐诗三百首,不会作诗也会吟。”写得多了,熟能生巧,也渐渐通些门窍。我有个同班同学叫马随州,此人聪明绝顶,交结广泛,认识开封不少宿儒名士,对诗词格律入门较早。我与他可谓是丱角之交,于是,在课余时间,我们经常在一起交流读诗与写诗的心得。当时,我喜欢李白,他喜欢王、孟。当时写诗就是玩玩,写的东西除了几个知心朋友互相传看,对外是从不示人的。所写的东西也是随写随丢,至今也没有什么保存。后来上了高中,有一个姓袁的老师有时在课堂上讲诗词时,顺便也讲些诗词格律,从此我对格律才略通门道。但因格律甚难,尤其是入声字,北方人掌握起来很困难,加之知道律诗是不可以胡乱写的,所以在作诗时很谨慎,尽量不写律诗和词。所作的大都是绝句或自由体的古体诗;所用的韵也都是合辙押韵的今韵。那个时候只是写旧体诗的练习阶段,除了写旧体诗,还写了许多自由体的新诗。记得有个时期对马雅可夫斯基和贺敬之的阶梯诗很感兴趣,写了几首阶梯式的长诗,好像是《青春颂》什么的,朗诵的效果挺好,一时间好像有“校园诗人”的称号,每逢学校节日开文艺晚会,总邀我来写首这类的朗诵诗应景。而写旧体诗则主要是办板报和墙报,篇幅短小紧凑,也颇受老师和同学们的欢迎。

大学时学的是英语，因此对英国诗人如拜伦、雪莱、济慈、彭斯、华兹华斯等人的诗歌特别感兴趣，还试着用新旧体诗翻译过他们的一些诗歌。外国诗歌虽也讲格律，但远没有中国律诗的格律严格，相当于中国的古体诗——即使是以十四行而言，所受的限制也不如中国律诗严格。外国诗精练不如中国旧体诗，但其自由活泼则远胜之。但从技巧上来说，中国的旧体格律诗，因难而见巧，因格律对仗而见功力，更显示诗的语言特色。以中外诗人相比，拜伦与李白气质比较相近，而华兹华斯等湖畔诗人则近于杜甫和李商隐。李白和拜伦以气势胜，而杜甫、李商隐与华兹华斯等人以技巧胜。

"文革"开始后，由于畏于文字之祸，大部分旧作都付之一炬。除了在大串连中写些风光之作，很少写诗。在下部队农场和下乡劳动锻炼时，英语都荒疏了，随身所带的也只是李白、杜甫等人的诗集选本，劳动之余偷闲时看看，自以为娱。回城后，在中学里教外语，每个星期二十多节课，再加上家事繁忙，已无暇写诗。至考取了中国古典文学的研究生后，因为要研究和体会古典诗词，才又开始练习写旧体诗。所以本集中的诗大都写于"文革"之后。

写旧体诗词，我觉得全面复古是不可能的，尤其是在用韵方面，不能局限于平水韵。我们翻开《佩文诗韵》就可以发现，其中许多韵字都是不常见的不能表现现代人思想的字，更有许多韵字，都是僻字、死字，大概古人也不常用，更何况今人？而且，有些韵字的读音已发生了较大的变化，现在读起来已不合韵了。所以关于旧体诗的用韵问题，是一个急待改革的问题。二十世纪八十年代初，河南大学教授华锺彦先生极力提倡旧体诗写作用韵的改革,主张用韵应在平水韵的基础上适当放宽,以适合现代人的需要。在平仄格律方面,华先生主张遵守旧有的格律及对仗要求,这样才能保证旧体诗词抑扬顿挫的声律特色。毛泽东好像也说过:“不讲平仄,即非律诗。”他也是主张律诗要遵守平仄格律的。他的律诗如《长征》是邻韵(难、丸、寒属十四寒,闲、颜属十五删)通押,《和柳亚子》是近韵(忘、黄、章、量属七阳,江属三江)通押,好像也是主张放宽用韵的。我是非常赞同他们的意见的。因此,我在作律诗时,力求平仄合律,用韵放宽。是耶?非耶?我也不想多作讨论,只是觉得这样作诗方便而已。

作诗最讲性情,若无性情,何必作诗?凡是自己较为满意的诗,都是性情所至、心中有感之作。当然,由于诗还有交往的功用,好友相聚,岂能无诗?“嘤其鸣矣,求其友声”,朋辈唱和往来,其乐也融融。诗还有明志的功用、记载社会时事的功用:庆、吊、赠、答、讽、谕、颂、刺、悲、喜、歌、哭,写景抒情,风俗人情,礼尚往来……皆可用之以诗,此乃诗之用也。当然,最主要的还是抒写性情,此乃诗之本也。

旧体诗的写作,一个重要的问题是现代词语的入诗问题。如果现代词语不能入诗,则旧体诗词就不能很好地表达现代人的感情,缺乏时代感;如果现代语词泛滥,则会影响旧体诗词的效果和韵味,弄不好还会出现标语口号式的诗、了无诗味的用新名词联缀的徒有诗形的应景诗,令人不能卒读;过于古色古香,则如同古诗的仿制品,与现代的思想感情脱节。这些问题应该如何处理呢?这是当前写旧体诗词的一个难题。由于旧体诗词是几千年留下的东西,是与几千年农业社会相适应的产物，因此，在与自然的关系上相当谐调，与现代化的工业社会则相去甚远。因此在写山水名胜、风樯鞍马及风花雪月等自然景物、传统的人文风物方面及人类的基本情感方面，它仍有它的优势和适应性。但在表现现代化的工业都市文明及现代人的特殊思想感情方面，它就力不从心了。写现代人复杂激烈的情感变化、极具现代意识的思想、现代化的人文景物，它就不如自由体的新诗表达得细腻贴切了。因此我认为，旧体诗与新诗各有擅场，谁也代替不了谁。不能企图让旧体诗词包揽一切，适于旧体诗的题材就写旧体，适于新诗的题材就写新诗。这是一个方面。另一个方面就是旧体诗词对现代语词的运用和吸收，要有所熔裁，要将其化为诗的语言，才能入诗。旧体诗词多为单音（字）词或双音（字）词，而现代的语言多为多音（字）词，要想将现代语词引入旧体诗，必须将它们先诗意化并将语词缩略、简化，或者用类比、比喻或隐喻的指代性的语词，与旧体诗词的意境、语词与声律相适应，才不至于过于牵强生硬。这也不过是一个变通的办法。可以说，旧体诗词在表达和表现现代事物方面，是有其一定的局限的。我们不能不正视这一问题，正视它的局限正是为了更好地发挥其长处和优点。最根本的还是要选体，不同的诗歌体裁，对表达不同的思想与形象是有其优长的。不然的话，何以解释诗、词、曲及新诗等历代的诗歌体式的变迁呢？不能说旧体诗词在现代社会已经失去生命力，它的潜力还是很大的，还有不断开拓与发展的天地，就看我们如何运用它了。

余生也晚，我的青少年时期，正是旧体诗词“不宜在青年中提倡”的时期。“五四”以后，旧体诗词与“选学妖孽、桐城谬种”一概被置于扫荡之列,为白话文学所取代,想学也无人教。暗中摸索,多入歧路,故本来就没有什么根基。后来写旧体诗是全凭个人兴趣,本是科研业余暇闲时或旅途中的消遣自娱,顶多也不过与同行或知己朋友偶尔交流一下罢了,或为一些诗词刊物所邀,寄上几首以塞责,并没有打算出什么诗集。近来有朋友不断催促,希望能够付之剞劂。为了不违朋友的好意,再则也想趁此机与广大诗词爱好者交流,相互学习,因此,由好友刘晋田先生为之热情选编,而成此集。因少年时曾做过诗人之梦,但始终也未能成为一个诗人,因此命此集为《梦诗斋吟草》。望海内诗人方家,幸指正焉。是为自序。序诗云:

少年彩笔学雕龙,仰慕思追李杜行。
堪笑诗人终一梦,化为庄蝶舞秋风。

乙酉年仲夏于郑州

后记

这本诗词集选录了我自创作诗词以来的480多首诗词，约占我诗词作品总量的三分之一。虽然创作质量高低不一，但总体上可代表我的创作水平。平心而论，我对自己的诗词是不太满意的。一是在创作上花的时间太少；二是作品多即兴之作，流于草率，不够用心；三是眼高手低。由于嫌自己出手不高，后来就愈写愈少了。

我觉得诗的本质是抒写性灵，即我诗出我心。一切外物都要通过个人的心灵进行重新塑造而外化为诗的意境和情感。即情动于物，诗由心生。所以诗歌虽然必须扎根于生活的土壤，是现实生活的反映，但却不是直接的反映，而主要是通过心灵的诗化的反映和表现，诗人心灵情感越强烈，越富有个性，其诗就越具有个人特色。

我诗出我心，就是要有感而发，不作无病呻吟，不能由文造情，不随波逐流，不能虚情假意、言不由衷。应该是诗出心声。按照李白的说法，就是不能“雕虫丧天真”，诗就是要任情率真，抒真情，说真话，写真意，叙真衷，即“我诗出我心”之谓也。在真善美中，真是基础，无真则善是伪善，无真则美是虚美。虚情假意的诗歌，是感动不了任何人的。李白和杜甫的诗歌之所以至今仍能够打动千百万人的心灵，是因为他们是满腔真情地在抒发他们对光明理想的热爱和追求，并真实地展现他们爱国忧民的伟大情怀。

遵照这个宗旨,我所作的诗,大部分是写我自己的真实经历和真实感受,是直书心声的。至于能不能完全达到我所要表达的心声,这不光是愿望问题,还有一个艺术技巧问题。总之,我是向这一方向努力着、探索着、实践着。

当今中华诗词在中国大地上正呈现崛起之势,涌现出一派欣欣向荣的局面,但愿这一潮流能朝着万紫千红、流派纷呈的方向健康持续地发展,给中华诗坛带来百花齐放的春天。

丙申年五月